k.

Jan Weiler

IM REICH DER PUBERTIERE

Illustriert
von Till Hafenbrak

Kindler

Die Texte in diesem Band erschienen in
gekürzter Form unter dem Titel «Mein Leben als Mensch»
in der Welt am Sonntag sowie in Originallänge
unter www.janweiler.de.
Das Nachwort erschien unter dem Titel «Pubertät ist ein
Arschloch» am 30. 3. 2014 in der Welt am Sonntag.

1. Auflage Februar 2016
Copyright © 2016 by Rowohlt Verlag GmbH,
Reinbek bei Hamburg
Einbandgestaltung any.way, Barbara Hanke/
Cordula Schmidt
Cover- und Innenillustrationen © Till Hafenbrak
Alle deutschen Rechte vorbehalten
Satz Arno Pro, InDesign
Gesamtherstellung CPI books GmbH,
Leck, Germany
ISBN 978 3 463 40661 9

**IM REICH DER
PUBERTIERE**

DIE TYRANNENTHEORIE

Die meisten Schriftsteller befinden sich auf irgendeiner Suche. Sie suchen die verlorene Zeit, das vergangene Glück, sie suchen nach irgendwelchen Antworten, nach dem richtigen Leben oder wenigstens der Liebe des Lebens. Das sind die ganz großen literarischen Aufträge. Ich suche auch. Aber meine Suche findet auf einem etwas anderen Erregungslevel statt. Ich suche die Batterien aus der Fernbedienung meines Fernsehers.

Früher war das anders. Da hatte ich auch noch Zeit für philosophische Grundsatzfragen. Da dachte ich noch über das große Ganze nach. Jetzt denke ich nur noch darüber nach, warum ich durchs ganze Haus irren muss, um die verdammten Batterien schließlich aus dem Ladegerät eines ferngesteuerten Hubschraubers zu fummeln.

Früher war ich auch mal Tänzer. Dann wurde ich Wipper, inzwischen bin ich Nicker. Ein entrechteter Nicker, ganz kurz vor der letzten

Stufe, dem Steher. Ich tanze nur noch selten, dann jedoch spektakulär. Aber meistens nicke ich nur noch. Das alles liegt an meiner Funktion als Vater von zwei Pubertieren. Da hat man irgendwann nichts mehr zu melden. Die beiden sausen links und rechts an mir vorbei, nicht einmal ihre Schnürsenkel muss ich noch binden. Als Berater tauge ich nicht mehr, als Autorität bin ich ein Witz, gelte jedoch immerhin als astreiner Chauffeur, besonders nachts gegen vier Uhr, wenn kein anderer Vater mehr ans Telefon geht. Ich transportiere dann angeheiterte Nasskämmer bis in entlegene Teile des Bundesgebietes, weil meine Tochter Carla ihnen das so versprochen hat. Sie ist sechzehn Jahre alt und hat mich fest im Griff.

Unser Sohn Nick ist dreizehn. Er klingt momentan wie ein Dudelsack, wächst wie ein Schnittlauchhalm und futtert wie ein Maurer nach der Doppelschicht. Wenn Carla und er gleichzeitig zu Hause sind, entschleunigen sie in dramatischem Tempo und verbringen große Teile des Tages auf der Wohnzimmercouch. Sie erinnern dann sehr an Bradypus variegatus, ein Dreifingerfaultier, das eigentlich in Südamerika wohnt und seinen Baum nur ein Mal pro Woche verlässt, um im Erd-

geschoss aufs Klo zu gehen. Die Ähnlichkeiten im Habitus sind frappant, die Unterschiede aber auch. Die Nahrung des Faultiers besteht nämlich zu fast hundert Prozent aus Blättern, während das Pubertier einen Lebensmittelmix bevorzugt, welcher zu vierzig Prozent aus Chips, zu dreißig Prozent aus Sahnejoghurt, zu zwanzig Prozent aus Speiseeis und zu zehn Prozent aus bunter Antimaterie in Pfandflaschen besteht.

Oft stehe ich staunend vor ihnen, ratlos wie ein Schwein, das in ein Uhrwerk glotzt. Ebenso häufig erfasst mich aber auch Verzweiflung, denn ich bin mit den Jahren meines Vaterseins nicht nur entrechtet, sondern auch enteignet worden. Im Grunde habe ich gar nichts mehr. CDs? Weg. DVDs? Alle weg. Geld? Auch weg. Rasierschaum? Weg. Ja, sogar der Rasierschaum. Manchmal ist er einfach leer. Ich habe lange gebraucht, bis ich herausfand, dass meine Tochter eine halbe Dose Rasierschaum pro Pubertierbeinchen verbraucht. Sie liegt dann in der Badewanne, hört Musik und tut so, als sei sie Cleopatra im Mäusemilchbad. Klar, dass man dafür viel, sehr viel Rasierschaum benötigt. Viel öfter als leer ist die Dose allerdings ganz einfach: weg.

Dabei brauche ich meinen Rasierschaum ungefähr zweimal in der Woche. Und ich mag es, wenn er dann einfach dort steht, wo er zu stehen hat. Stand er aber nicht. Zum Glück wusste ich genau, wo ich danach zu suchen hatte, nämlich im Kinderbad, das eigentlich kein Kinderbad mehr ist, sondern aussieht wie das Kosmetik-Testlabor von der BRAVO. Wobei ich nicht weiß, ob die dort überhaupt ein Kosmetik-Testlabor haben. Aber ich stelle es mir so vor. Jedenfalls fand ich dort nicht nur meinen Rasierschaum, sondern auch alle drei Nagelscheren, die ich besitze. Und mein Haarwachs. Und meine Kopfhörer. Und mein Bürotelefon. Ich nahm alles mit und ärgerte mich über die Tyrannei der Jugend, der ich mich ausgesetzt sehe. Aber die kann nicht mehr lange dauern. Ich habe nämlich die Theorie entwickelt, dass Diktaturen, die auf Diebstahl setzen, keine Zukunft haben. Die Geschichte hat dies schon oft bewiesen.

Ich kann mich zum Beispiel an eine BASF-C-90-Musikkassette erinnern, die ich im Frühjahr 1983 für Cousine Ines aus Ilmenau aufnahm. Auf der A-Seite befand sich Musik von The Cure, Bauhaus und den Dead Kennedys, auf der anderen Seite David Bowie. Außerdem enthielt das Westpaket eine gut erhaltene rote Fiorucci-Jeans. Die Hose ist in Thüringen angekommen, die Kassette hingegen nicht. Jahre später habe ich gelesen, dass die Stasi wegen andauernder Materialknappheit die Bänder aus den Westsendungen stahl, um die Gespräche ihrer Landsleute damit aufzeichnen zu können. In einigen DDR-Gefängnissen mussten die Häftlinge auch Blut abgeben, das dann nach Bayern verschachert wurde. Es ist daher nicht auszuschließen, dass in den Adern eines niederbayerischen CSU-Landrates seit einem Verkehrsunfall im Jahr 1986 real existierendes Sozialistenblut zirkuliert, geklaut vom DDR-Regime. Und was hat das DDR-Regime davon gehabt? Nichts, denn wenige Jahre später war die empörende und in jeder Hinsicht räuberische Regierung am Ende.

Dieses Schicksal blüht meiner Meinung nach langfristig auch der Führung von Tadschikistan. Seit kurzem ist bekannt, dass sogar die Präsidentenfamilie des zentralasiatischen Landes in gestohlenen Autos aus Deutschland unterwegs ist. In einigen der vornehmlich in Berlin geklauten Fahrzeuge befinden sich noch CDs von Frank Zander und Sido.

Ebenfalls schwer unter Verdacht: der nordkoreanische Universaldiktator Kim Jong-un, der den Goldstandard verbrecherischer Regime kürzlich mit der illegalen Anschaffung von Schneeraupen neu definiert hat. Es ist nämlich so, dass niemand im Westen technische Geräte nach Nordkorea verkaufen darf. Und dennoch wurden neulich Fahrzeuge zur Präparierung von Skipisten dort entdeckt und fotografiert. Und da stellt sich doch mal die Frage, wie diese Spezialgeräte da hingekommen sind! Die Hersteller schwören, dass sie nicht an die kommunistische Regierung geliefert haben.

Somit gibt es keinen Zweifel daran, dass Kim Jong-un nachts die Fahrzeuge in Sölden, Sankt Anton und Berchtesgaden entwendet und nach Hause gefahren hat. Die über 8000 Kilometer weite Strecke nach Pjöngjang kann man auf einer Pistenraupe in fünf Wochen bewältigen, es sei denn, man macht einen Schlenker über Tadschikistan und steigt dort in einen 7er-BMW aus Berlin-Wedding um.

Vor zwei Jahren war der Kim Jong-un ja einmal richtig lange verschwunden. Über einen Monat hörte man nichts von ihm. Es gab kein Foto, keine Pressetermine, keine aktuellen Nachrichtenfilme, nichts. Man munkelte bereits von schweren Operationen, sogar über einen Putsch und die Ermordung des Diktators wurde spekuliert. Tatsächlich hat er da aber wohl einfach einen Mähdrescher in Frankreich abgeholt.

Egal. Jedenfalls scheinen die Tage solcher Schurkenstaaten gezählt. Wie bei der DDR werden die bösen Taten der Mächtigen eines Tages zu ihrem Niedergang führen. Und dasselbe gilt für die Pubertier-Diktatur bei uns zu Hause.

Diese Theorie erklärte ich meiner Tochter ausführlich in einem längeren Monolog, den sie nur deshalb über sich ergehen ließ, weil sie darauf warten musste, dass der Toast aus dem Toaster sprang. Aber immerhin hat meine Drohung irgendwas in ihr ausgelöst. Heute Morgen stand eine frische Dose Rasierschaum vor meinem Spiegel. Gut, es ist natürlich kein richtiger Rasierschaum, sondern Beinchenschaum für Sechzehnjährige. Aber die Geste finde ich rührend. Und ich rieche jetzt wie eine frisch rasierte, achtundvierzig Jahre alte Mango.

EIN DRINGENDER NOTFALL

Nicht nur, dass ich nichts mehr besitze, ich muss auch ständig erreichbar sein. Für Notfälle. Das ist manchmal schwierig, denn ich bin berufsbedingt viel unterwegs. Meistens sitze ich in Flugzeugen, Taxis, Garderoben, auf Bühnen oder in Restaurants.

Mein Beruf besteht tatsächlich hauptsächlich darin, irgendwo zu sitzen. Ganz besonders viel sitze ich in Zügen. Und dort telefoniere ich äußerst ungern. In Zügen telefonieren nur Idioten, Volltrottel und ich. Mit Carla. Sie ruft mich mehrmals täglich an, und ich gehe immer dran, denn es könnte wie gesagt ein Notfall sein.

So wie neulich. Ich saß im Zug zwischen Stuttgart und München. 20 Uhr, das Abteil komplett belegt mit stummen Menschen, die auf Laptops vor sich hin arbeiteten. Ruhezone, Handys verboten. Es war vollkommen still. Dann klingelte mein Handy. Ich sagte, dass ich da kurz ranmüsse, meine

Tochter, das müsse ich annehmen. Ich fügte hinzu, dass ich es kurz machen würde. Ehrenwort. Dann nahm ich das Gespräch an, und fünf Menschen hörten mich Folgendes sagen:

«Ja. Carla. Im Moment ist es gerade ganz schlecht …

Im Zug …

IM ZUG …

Hier sind überall Leute …

Nein, die sind nicht wichtiger als du …

Na gut, schieß los, aber bitte schnell …

Und wie soll ich dir bitte bei diesem Referat helfen? …

Ja, Moment, das kannst du doch alles im Internet recherchieren. Oder hast du Hausverbot bei Google? …

So. Und worum geht es in dem Referat? …

Was ist denn das bitte für ein Thema? Ich wette, du hast dich wieder nicht darum gekümmert, und dann war Belgien das letzte Thema, das noch frei war. Richtig? …

Ach, Mahatma Gandhi war auch noch frei …

Und warum nimmst du dann nicht Mahatma Gandhi? …

Du entscheidest über das Referatsthema je nachdem, welcher Wikipedia-Eintrag länger ist? Und Gandhi ist länger als Belgien? …

Na ja. Gut. Jedenfalls kann ich dir da jetzt im Moment leider gar nicht helfen …

Okay. Kein Grund zur Panik. Pass auf, ich sage dir, was du jetzt machst: Du kopierst jetzt einfach den Belgien-Eintrag von Wikipedia, und fertig ist das Referat …

Ja, ich habe schon mal von Guttenberg gehört …

Ach! Die Lehrer überprüfen das, und man muss selber nachdenken? Carla, Mensch. Das ist ja wirklich die Höhe. Das sind ja seelische Grausamkeiten. Gleich morgen verklage ich die Schule …

Nein, das war Ironie. Sag mal, und wann musst du denn überhaupt dieses Referat halten? …

Wie morgen? …

Und da fängst du heute Abend um 20 Uhr damit an? Carla, bist du eigentlich noch ganz bei Trost? …

Was heißt hier, du hattest keine Zeit? …

Doch, ich kann versuchen, es zu verstehen …

Ich verspreche, mich nicht aufzuregen …

Okay …

Gut …

Verstehe …

Emma hat bitte was? Das kann doch wohl jetzt nicht dein Ernst sein! …

Also nur, dass ich es richtig verstanden habe: Emma hat sich in einen Avatar bei Quizduell verliebt, weil der genau dieselben Sachen nicht weiß wie sie. Und jetzt fühlt sie sich seelenverwandt. Und das Avatarbildchen ist so süß. Habe ich das richtig verstanden? …

Gut. Carla, da muss ich dir jetzt was sagen: Diese Bildchen sehen immer süß aus. Kein Mann auf der Welt nimmt die Frisur mit der Glatze und dem Haarkranz. Und außerdem weiß die doch nicht einmal, wie der Typ heißt und wo er wohnt …

Wie heißt der? …

Der Kerl heißt Pussylover2005? Emma Guntenbach ist verliebt in ein Quizduell-Bildchen mit Namen Pussylover2005? …

Ihr tickt doch nicht mehr ganz sauber! Und außerdem: Wenn der Typ die Zahl 2005 in seinem Nickname hat, dann ist er vermutlich elf Jahre alt. Das erklärt auch, warum er genauso wenig weiß wie Emma Guntenbach …

Doch, ich mag deine Freunde. Auch Emma. Obwohl sie nicht die allerhellste Birne im Leuchter ist. Aber was ist denn jetzt überhaupt das Problem mit Pussylover2005? …

Sie kann ihn ja einfach fragen, wie er richtig heißt …

Ach, sie weiß, wer das ist? …

Matthias Schweighöfer …

Und woher weiß sie das? …

Was heißt, sie spürt das? …

Weil es nur einen Menschen auf der Welt gibt, der so süß ist wie Pussylover2005, und das ist Matthias Schweighöfer. Na klar. Entschuldige bitte, Carla, aber selbst für den Fall, dass Matthias Schweighöfer bei Quizduell ist, wird er sich ganz sicher nicht Pussylover2005 nennen …

Nein …

Ganz sicher nicht. Und was hat das überhaupt mit deinem Referat zu tun? …

Moment. Du musst dich jetzt um Emma kümmern, weil Matthias Schweighöfer nicht auf ihre Chatanfragen reagiert, und deshalb hast du keine Zeit, dein Referat zu machen? …

Also Carla, nein, das ist kein Notfall. Ich lege jetzt auf. Im Ernst …

Drei Stichworte zu Belgien? Jetzt hier so auf die

Schnelle? Ja, weiß ich auch nicht, ähhh, Pralinen, Pommes, Kinderschänder ...

Wieso ist das nicht hilfreich? ...

Gut. Pass auf. Wir machen das jetzt so: Ich bin in zwei Stunden zu Hause, und dann machen wir das gemeinsam. Jaaa, ich helfe dir. Okay? ...

Gut ...

Ja? Ich leg dann jetzt auf, ja? Bis später. Tschüs, tschüs, tschüs.»

Ich habe dann das Gespräch beendet und die verstörten Mitreisenden blöde angelächelt. Anschließend holte ich meinen Laptop raus und fing schon mal mit dem Referat an. Fünf Minuten später beugte sich die Dame von gegenüber nach vorne, guckte über ihren Laptop und sagte: «Meins geht über den Amazonas.»

KRASSE SUGILLATION

Meine Tochter findet mich alt. Frechheit. Ich bin durchaus noch dazu in der Lage, dem Gespräch einer Gruppe Sechzehnjähriger zu folgen. Allerdings mag ich es, wenn dabei die Musik nicht so laut ist. Hallo! Hier gibt es Leute, die sich unterhalten wollen. Danke. Gerne rede ich bei einem kühlen Getränk mit jungen Menschen und lasse mich dabei in die Geheimnisse der Interaktion von männlichen und weiblichen Pubertieren einweihen.

Wobei ich das kühle Getränk übrigens nicht mehr aus der Flasche trinke. Aus Flaschen zu trinken ist ein Privileg von Babys und Maurern. Jenseits der vierzig weiß man, dass Bier aus der Flasche ein großer Irrtum ist. Aber das kann man Jugendlichen nicht beibringen. Die zucken mit den Schultern, sagen «eh schon wurscht» und stürzen sich das Bier in den Schlund.

Aber immerhin darf ich mit meinem Glas

zwischen ihnen stehen und werde auf diese Weise Zeuge einer Diskussion darüber, was man zu einem Mädchen sagen darf und was nicht. Dabei ist kaum herauszufinden, was erlaubt ist, weil streng genommen gar nichts erlaubt ist. Vielleicht verständigen die sich alle telepathisch. Was zum Beispiel überhaupt nicht geht, sind sogenannte Anmachsprüche. In diesem Punkt sind Carla und ihre Kollegen ungefähr so humorlos wie der Zentralrat der SED. Wir fanden früher wenigstens noch ein ironisches Vergnügen dabei, diese blöden Sätze zu sagen. Zum Beispiel: «Hast du Wasser in den Beinen? Meine Wünschelrute schlägt aus.» Jemand, der so etwas zu meiner Tochter sagt, schießt sich mit Lichtgeschwindigkeit auf den Olymp der Peinlichkeit.

Schlimmer sind für sie nur Erwachsene, die krampfhaft versuchen, mit ihr in ihrem Jargon zu parlieren. Sobald meine Frau Sara und ich Jugendsprache verwenden, schrumpelt unser Kind zusammen wie eine Tüte Capri-Sonne, wenn Mick Jagger am Strohhalm saugt. Sara machte neulich den großen Fehler, das Wort «Beef» als Synonym für «Streit» zu verwenden. Sie hatte gelesen, dass dies im Hiphop-Slang gebräuchlich sei. Sie sagte also «Beef», was Carla dazu veranlasste, sich die Ohren zuzuhalten und laut zu singen: «Oh Gott, meine Mutter versucht, cool zu sein, schrecklich, furchtbar, ist ein Arzt im Raum?»

Noch peinlicher wird es, wenn jemand in ihrer Gegenwart «abhängen» oder «relaxen» sagt, denn diese Begriffe sind allesamt veraltet, und der Benutzer outet sich auf diese Weise als desorientierter Greis. Und das Allerschlimmstpeinlichste, was es für unsere Kinder zu geben scheint, ist schließlich der Anblick ihrer tanzenden Eltern. Sobald ich nach zweistündiger Aufwärmphase (stehen, nicken, wippen) meine in den achtziger Jahren erlernten Moves hervorhole, schreit Carla los, das sei so krass peinlich, dass sie vor Fremdscham umgehend sterben müsse. Dabei tanze ich gar nicht übel. Das Einzige, was mich dabei stört, ist die Musik, weil sie nie meinen Rhythmus trifft.

Jedenfalls fühlen wir uns recht jung. Aber die Definitionsgrenzen haben sich nun einmal verschoben. Was uns früher unangenehm berührte, ist für junge Menschen heute offenbar kein Problem. Knutschflecke zum Beispiel. Haben wir da nicht Halstücher getragen, um uns blöde Fragereien zu ersparen? Carla hingegen spart sich das Halstuch.

Zum Frühstück brachte sie heute Morgen eine – wie der heimliche Dermatologe in mir sofort diagnostizierte – hypobare Sugillation von sagenhafter Größe mit. Dem Ding nach zu urteilen, konnte eigentlich kein Tropfen Blut mehr in dem Kind sein. Sie hatte offenbar den Vorabend unter Vampiren verbracht. Aber ihr war der gigantische Knutschfleck überhaupt nicht peinlich. Kein bisschen. Im Gegenteil. Sie trug ihn, als sei er ein Diamantencollier. Und kurze Zeit später dachte ich: Doch. Steht ihr gut.

Wahrscheinlich bin ich einfach noch nicht alt genug, um mich darüber aufzuregen und die Übergriffigkeit junger Männer aufs schärfste zu tadeln. Aber offen gestanden beruhigte mich meine Coolness sehr.

BOYWERDUNG

Unsere Tochter knutscht, zeigt aber keine großen Wachstumsambitionen mehr. Vermutlich bleibt sie jetzt ungefähr so groß, wie sie ist. Unser Sohn Nick hingegen wächst. Wächst schnell und knirschend wie die Bohnenranke in dem alten Disney-Film «Micky und die Kletterbohne». Er besitzt plötzlich Schultern. Bis vor kurzem sah er noch aus wie Donald Duck, und nun sind da überall Muskeln. Seine Hosen sind zu kurz. Seine Nase wird länger, das Kinn breiter. Und auch unabhängig von der körperlichen Veränderung spüre ich, dass seine Kindheit allmählich zu Ende geht.

Da war die Sache bei McDonald's. Nick und ich fahren manchmal heimlich hin. Wir nehmen den Autoschalter, mampfen den lauwarmen Mist auf dem Parkplatz, und ich fahre mit offenen Fenstern nach Hause, um den Wagen zu lüften. Jedenfalls standen wir vor der Preistafel, und ich sagte: «Für dich also Happy Meal, wie immer.» Er sah mich an,

als sei ich ein Salafist im Bikini, und sagte: «Happy Meal ist für Kinder. Ich bin 'n Mann.» Das war also das Ende der Juniortüte.

Er überblättert jetzt in Restaurants tapfer die Seite mit den Kindergerichten und bestellt, was er für erwachsen hält, nämlich das große Schnitzel. Er fragt, ob es auch wirklich groß sei, und er isst es komplett auf. Er lehnt Orangenlimonade und Schorle mit dem Kommentar ab, es seien Babygetränke. Wenn es nach ihm ginge, würde er überhaupt nur Energydrinks zu sich nehmen.

Offenbar verändern sich gerade irgendwelche Geschmacksrezeptoren. Neulich verkündete er beim Mittagessen, dass er noch einmal Rosenkohl probieren wolle, ein Gemüse, dem er bisher leidenschaftlich angeekelt gegenüberstand. Er biss ab und sagte knapp, man könne das essen. Und aß es auf. Das Gleiche gilt neuerdings für Sellerie, von dem er zusätzlich erklärte, man bekomme ordentlich Tinte auf'm Füller davon. Auf meine Frage, woher er das wisse und was das genau bedeute, lächelte er nur und sagte: «Ach Papa, du musst noch viel lernen.» Noch am selben Abend lernte ich außerdem, dass Nick nicht mehr vorgelesen haben möchte. Er will auch nicht mehr mit mir Karten im Bett spielen.

Dabei liebe ich das «Gefährliche-Insekten-Quartett». Er hat es mir mal geschenkt. Ich könne es gerne in meinem eigenen Bett ansehen oder mit Sara spielen. «Gute Nacht, Papa, schlaf schön.»

Nachdem er mich aus seinem Zimmer geworfen hatte, ging ich nach unten und dachte über die Veränderungen der letzten Zeit nach. Wir bauen keine Höhlen mehr, in denen wir heimlich klebrige Sachen essen. Wir wühlen nicht mehr das frisch gemachte Bett durch. Wir spielen nicht mehr Zombie und ziehen dabei das rechte Bein nach. Manchmal gucken wir noch die Simpsons. Dann sagt er: «Die Folge kenn ich schon.» Und ich sage: «Ja, ich auch.» Sonst sagt er nicht mehr so viel.

Ich mochte immer, wenn er seine Geschichten von Außerirdischen erzählte, die er auf dem Schulweg traf. Er berichtete auch gerne von ausgesprochen ekligen Wetten auf dem Pausenhof und was sie heimlich mit dem Essen in der Schulmensa anstellen (Sie wollen es nicht wissen). Aber inzwischen vergisst er diese Dinge offenbar auf dem Nachhauseweg. Wenn ich ihn jetzt frage, wie es irgendwo war, sagt er: «Schön.» Und wenn ich ihn frage, was er mit seinen Freunden gemacht hat, sagt er: «Nichts.» Ein schönes Nichts ist sein

Leben jetzt, jedenfalls dringt nichts weiter zu mir durch. Mit Freunden quatscht er ununterbrochen, aber ich bin weitgehend raus.

Genau wie ein riesiger Berg von Klamotten, die er aussortiert hat, weil sie ihm zu kindlich waren. Jeans müssen plötzlich eng sein. Muppetfiguren auf dem T-Shirt? Geht nicht. Peetu Piiroinen oder Taku Hiraoka gerne. Das sind Snowboarder. Die Turnschuhe, die bei jedem Schritt blinken, warf er mit Abscheu im Gesicht in die Mülltonne. Er war für die Dinger damals über zehn Runden gegangen, hatte sie sich unter Preisgabe seines letzten Stolzes regelrecht erbettelt. Es war eine geradezu mitleidlose Umstrukturierung. Dagegen ist jeder Kahlschlag bei Karstadt ein Kuschelseminar.

Heute kam er und fragte, ab wann man sich rasieren dürfe. Er stand barfuß vor mir. Ich sah auf seine Füße und stellte fest, dass sie momentan unverhältnismäßig groß sind. Er ist jetzt dreizehn Jahre alt, aber seine Füße sind schon siebzehn. Hoffentlich ruckelt sich das irgendwann wieder zurecht. Oder unser Sohn ist ein Hobbit.

IM PUBERTIERLABOR: BILDSPRACHE

Es gibt neue Forschungsergebnisse aus dem Pubertierlabor. Schon öfter hat der Versuchsleiter feststellen müssen, dass sein Studienobjekt – das Pubertier – in einer Sprache kommuniziert, die ihm auf eine sonderbare Art fremd ist. Zwar bedient es sich aus einem verständlichen und allgemein verbreiteten Wortfundus, bei seinen Artikulationsbemühungen kommen jedoch Ergebnisse zustande, die dem Versuchsleiter nicht immer dechiffrierbar erscheinen.

Mit dem betreffenden Soziolekt ist nun aber keineswegs lässige Jugendsprache gemeint, die gerne von Erwachsenen in anbiedernder Form verwendet wird. Das Problem ist auch nicht auf eine Vokabelschwäche des Versuchsleiters zurückzuführen, wie er sie von seinem Umgang mit der Putzfrau kennt. Er kann einfach nicht genug Polnisch, um ihr zu verdeutlichen, dass der Meerrettich in der Tube zwar abgelaufen, aber im Grunde noch okay war. Wer weiß schon, was Meerrettich auf Polnisch heißt? Der Versuchsleiter jedenfalls nicht. Und ersatzweise zeichnen kann er Meerrettich auch nicht. Zeichnen Sie mal Meerrettich! Meerschweinchen ginge zur Not, aber Meerrettich? Unmöglich.

Bei der Sprache des Pubertiers entsteht die Verwirrung jedenfalls durch ihren atemberaubenden Metaphernreichtum. Wenn Carla sich mit ihresgleichen unterhält, bekommt man den Eindruck, die Teilnehmer der Konversation lebten entweder in Mittelerde und seien Elben oder aber Angehörige eines Geheimdienstes, dessen Mitarbeiter sich nur in codierten Formeln unterhalten. Die Bundeskanzlerin heißt im Spiondeutsch zum Beispiel «Großer Wiesenchampignon», was mit ihrer äußeren Form zu tun haben mag. Wenn sie zum Beispiel Wladimir Putin empfängt, sagen die Agenten: «Der Große Wiesenchampignon trifft das Kremlmonster.»

Und ganz ähnlich klingt es, wenn das Pubertier telefoniert. Der Versuchsleiter hält sich zu Forschungszwecken gerne in der Nähe des Versuchsobjektes auf und schreibt mit, was es sagt. Gestern äußerte es sich zur Krise bei Manuel und Emma: «Da sind zwei U-Bahnen auf Gleisen unterwegs, die an unterschiedliche Ziele führen. Und es gibt keine Haltestelle mehr.» Das klingt dramatisch, aber nicht so schlimm wie das Schicksal der irgendwie unbeliebten, aber charakterlich einwandfreien Chiara, über die es heißt: «Sie ist ein Kräuterbonbon. Sie hat einen Kern aus leckerem Sirup, aber ihre Ränder sind so hart und scharf, dass sich jeder beim Lutschen daran schneidet und gar nicht bis zur süßen Füllung vordringt. Sonst hätte sie längst einen Freund.» Hier ist zur Entschlüsselung erhebliches Abstraktionsvermögen gefragt.

Später beim Abendessen drehen sich wesentliche Teile der Unterhaltung um ein männliches Pubertier namens Leon, welcher sein offenbar magnetisches Potenzial besonders in Schulpausen zur Geltung bringt, wo er gleich mehrere weibliche Artgenossen mit seinem aufreißerischen Charme betört. Carla preist seine schönen Hände und seinen Humor. Außerdem sei er vermutlich der am besten aussehende Junge der Schule. Auf die Frage des Versuchsleiters, ob Leon im komplizierten Partnerwahlverfahren seiner Tochter eine Chance habe, entgegnet sie, dass Leon eine typische Pizza sei. Der Versuchsleiter bittet um eine Erklärung und erhält folgende Definition: «Eine Pizza sieht knusprig aus und duftet super. Jeder will die Pizza. Man weiß schon, dass die Pizza gut schmeckt, aber ganz am Ende tut sie einem nicht gut. Genau wie Leon.»

Der Versuchsleiter ist von dieser Erklärung begeistert und fragt nach, welches Lebensmittel er demzufolge darstelle. Er vermutet, dass er eine Kohlroulade oder 120 Gramm Harzer Käse mit Kümmel ist, aber das Pubertier überrascht ihn mit der Einlassung, er sei in ihren Augen ein Trüffel. Darauf reagiert der Versuchsleiter betroffen. «Ein Trüffel ist faltig, rund und riecht nach Keller», sagt er resigniert. Da legt das Pubertier die Hand auf seine und sagt: «Ein Trüffel ist selten, wertvoll und aromatisch.»

Der Versuchsleiter hat anschließend den ganzen Abend hervorragende Laune und sieht mal nach, was Meerrettich auf Polnisch heißt. Ein schönes Wort ist das. Es lautet: Chrzan.

MODERNE SKLAVEREI

Die Zuständigkeiten in der Schule haben meine Frau und ich untereinander aufgeteilt. Sara geht zu Elternabenden und Elternsprechtagen sowie zur Schulpflegschaft. Und ich: nicht. Ich finde, das ist eine faire Lösung, zumal ich durchaus auch etwas mache. Ich bin nämlich zum Ausgleich für die Tätigkeiten meiner Gattin der willige Sklave von Ulrich Dattelmann. So heißt der Schulpflegschaftsvorsitzende, der Chef aller Eltern. Er war auch schon Kindergartenpflegschaftsvorsitzender, und wenn ich im Altenheim bin, wird er Altenheimpflegschaftsvorsitzender sein. Ich werde diesen Typen nie mehr los.

Dattelmann organisiert bei uns sämtliche Sportfeste, Schulwanderungen, Floh- und Weihnachtsmärkte. Er teilt seine Mitmenschen zu Frondiensten ein, führt Excel-Tabellen, in denen er für jeden seiner Sklaven die Dauer von dessen Einsätzen dokumentiert. Er läuft mit einem Klemmbrett unter dem Arm über das Sommerfest und kontrolliert, ob man die Würstchen rechtzeitig gewendet hat.

Die Aufgaben verschickt er grundsätzlich per E-Mail. Darin steht meistens nicht mehr als der Anlass und die Dauer meines Einsatzes. Es ist ein bisschen wie beim Geheimdienst. Da liest man ja auch nicht unter der üppigen Betreffzeile «Attentat auf afrikanischen Staatspräsidenten», dass man höflichst darum gebeten werde, am morgigen Dienstag gegen 16 Uhr freundlicherweise einen charmanten kleinen Anschlag zu verüben, in welchem man von Schlangengift oder wahlweise einer schallgedämpften Handfeuerwaffe Gebrauch machen möge. Nein, unter Agenten heißt die Betreffzeile «Job», und der Text der Mail lautet: «Morgen, 16 Uhr, Flughafen, Knarre mitbringen.» Und auf genau dieselbe unprätentiöse Weise kommuniziert Dattelmann mit mir. Neulich zum Beispiel. Betreffzeile: «Abiturverleihung». Text: «11–15 Uhr Sektstand. Im Anzug.» Mehr muss man nicht wissen, oder?

Ich sollte also vier Stunden lang lauwarmen Orangensaft und/oder Sekt an aufgedonnerte Abiturientinnen und Abiturienten, vor Stolz glühende Eltern und den urlaubsreifen Lehrkörper ausschenken. Als ich pünktlich und im Anzug eintraf, erklärte Dattelmann, dass ich bei der Getränkeausgabe nicht kleckern dürfe, damit die Tische nicht so klebten, und dass ich zwischendurch auch mal Gläser abräumen und diese in der Schulküche spülen könne: Kurzprogramm, eigentlich was für Doofe. Und für mich. Dröhnendes Gelächter. Zur Belohnung könne ich mir die Reden anhören, die seien traditionell sehr schön.

Das stimmt. Die gymnasiale Abschlussrede bietet mannigfaltige Möglichkeiten zur Verklappung von Metaphern. In dieser rhetorischen Disziplin ist der deutsche Oberstufenlehrer praktisch nicht zu schlagen. Schüler formulieren noch erfrischend direkt. Der Stufensprecher sagte unter anderem: «Wir danken auch Frau Pfannenmüller dafür, dass sie uns nie verpetzt hat, wenn wir rauchend hinter der Turnhalle standen. Wir haben gerne unsere Zigaretten mit Ihnen geteilt.» Das war frech und irgendwie nett. Darauf trank ich einen Sekt. Ich stand mittlerweile alleine hinter meinem Getränkestand. Alle anderen saßen in langen Stuhlreihen und hörten zu. Ich genehmigte mir noch einen, um zu gucken, ob der Sekt schon kälter geworden war.

Es folgte der Direktor der Schule, und der warf bei seiner Rede eine derart spritzende Sprachbildschleuder an, dass ich mich hinter meinen Gläsern ducken musste. Er verglich die Schülerbiographie mit einer langen, langen Zugfahrt. Da gebe es Abteile, in die man gehen könne, also Fächer. Und natürlich Bahnhöfe auf erreichten Etappen, das seien die Ferien und die Schuljahre. Der Fahrplan gleiche dem Lehrplan, die Lehrer seien die Zugbegleiter. An dieser Stelle trank ich einen weiteren Sekt. Es gebe Passagiere, die lieber den Bummelzug nähmen (wohlmeinendes Lachen), manche drehten sogar eine Ehrenrunde – aber nein, niemand sei auf einem Abstellgleis gelandet (Applaus). Am Ende jeden Schuljahres müssten die Passagiere ihre Fahrkarte – also das Zeugnis – vorzeigen. Und jetzt sei also Endstation. Man steige nun bald in andere Verkehrsmittel um, auf der großen Reise durchs Leben. Am Schluss der Rede hatte ich nicht weniger als fünf Sekt intus, und ich sah die neidischen Blicke der anderen Väter auf mir ruhen, die offenbar einen mörderischen Durst hatten.

Aber sie mussten auf ihren Plätzen sitzen bleiben, denn es folgte nun die Elternsprecherin Dörte Plumm mit einer rauschhaften Metaphernorgie aus dem Tierreich. So vielfältig glitzere das Gefieder der jungen Vögel (darauf ein Sektchen), so unsicher seien die Schwingen noch ganz am Anfang, wenn die Küken das Nest verließen und sich auf die Suche nach Wissensnahrung in die Schule begäben (prost). Das Gymnasium nehme diese Vögel unter seine Fittiche und passe auf, dass niemand aus dem großen gemeinsamen Horst falle (Stößchen). Natürlich besäßen manche der Vögel einen ganz schön großen Schnabel, doch am Ende würden sie alle das gleiche schöne Lied vom bestandenen Abitur tirilieren (zum Wohle).

Ich dachte, nun würden die Zeugnisse übergeben, und begann schon einmal neunzig bis hundert Gläser mit Sekt zu befüllen, da folgte noch eine Ansprache. Vertrauenslehrer Baumschmidt ließ es sich nicht nehmen, ebenfalls das Wort zu ergreifen. Er unterrichtet unter anderem Sport, was man daran merkte, dass er die Karriere der Schüler mit den Olympischen Spielen verglich. Für manche sei das Gymnasium ein nicht enden wollender Marathonlauf. Andere seien geschickte Geräteturner. Was er damit meinte, war mir nicht klar. Vielleicht meinte er ja, es handelte sich bei ihnen um geschickte Geräteturner. Darauf trank ich. Er erzählte dann

von der ewig brennenden Fackel des Wissens, vom Staffelstab, den sie nun an nachfolgende Schüler weitergäben, und von der Medaillenverleihung, bei der heute über fünfzig Teilnehmer gemeinsam ganz oben auf dem Treppchen stehen würden. Dieses Bild fand ich etwas schief, korrigierte dies aber mit einem Gläschen Sekt.

Als die Zeugnisausgabe vollzogen war, strömte die Menge zum Sekt und bediente sich selber, denn ich lag unter dem Tisch. Der Sportlehrer, Dattelmann und zwei Abiturienten trugen mich nach draußen. Mir war ganz schwummrig. Kein Wunder. Bei derart vielen anspruchsvollen Metaphern kann es einen schon mal aus den Latschen hauen.

Dattelmanns nächste Mail ignorierte ich, teils aus Trotz und teils aus Scham wegen meines Auftritts, auf den Sara in den folgenden Wochen häufiger von anderen Frauen mit sorgenvoller Miene angesprochen wurde. Jedenfalls schwänzte ich unentschuldigt die jährliche Schulsäuberung, und deshalb fiel mir keine brauchbare Ausrede ein, als Ulrich Dattelmann in der folgenden Mail meine Mithilfe beim Schulmusical einforderte.

Mit Musicals habe ich es eher nicht so. Es hat sich mir nie erschlossen, warum man mitten im Film plötzlich lossingen muss. Und die meisten Lieder sind auch so wahnsinnig scheußlich. Sehr seltsam ist jedes Mal der Moment, wenn in einem Musical ein Lied endet. Niemals sagt dann jemand, was wirklich naheliegt, nämlich: «Entschuldigung, aber haben wir da gerade wirklich ernsthaft gesungen?» Wobei ich zugeben muss, dass eine schöne Gesangseinlage durchaus den Reiz eines Filmes erhöhen könnte. Bei «Shining» würde ich zum Beispiel sehr gerne zwischendurch ein Liedchen hören. Oder bei «Alien». Das würde mir gefallen, wenn das Monster auf dem Gesicht des Astronauten säße und darüber sänge, dass es acht Beine, aber kein Herz besitze.

Ich war auch nur ein Mal im Leben in einem richtigen Musical, also in einem Theater, wo so etwas aufgeführt wird. «Das Phantom der Oper». Wirklich ganz, ganz schlimm. Der Inhalt, das Bühnenbild. Das fanatische Publikum. Der Typ mit dem halben Teller im Gesicht. Furchtbar. Aber andererseits wahnsinnig lustig, denn das Stück wurde von einem amerikanischen Ensemble dargeboten. Auf Deutsch. Die Darsteller deklamierten ihre Texte deshalb mit einem starken US-Akzent, überdies wurde ich den Verdacht nicht los, dass sie eigentlich gar keine Ahnung hatten, was sie da genau sagten, denn sie betonten praktisch jede Silbe ihrer Dialoge falsch.

Als es romantisch wurde, rief der Betellerte: «Horst du, wie die Touben görrn? Horst du, wie die Wogel switchen?» So etwas Lustiges habe ich auf einer Theaterbühne wirklich noch nie gehört. Mein Lieblingssatz des Abends lautete: «Furr dick bin ick dock nur eine Scheusel!»

Jedenfalls war Dattelmann der Ansicht, dass es zu meinen Pflichten gehöre, für den Erfolg des jährlich stattfindenden Theaterevents mein Bestes zu geben. Als ich ihn fragte, worin denn mein Beitrag bestehen könne, nahm ich an, dass ich als Dramaturg oder Sprechtrainer gefragt sei. Diese Posten waren jedoch schon seit Monaten vergeben. Gesucht wurde noch jemand, der eine andere verantwortungsvolle und hochkomplexe Tätigkeit übernähme, nämlich: den Vorhang auf- und zumachen. Diesen Job hatte in sämtlichen Proben Herr Fuhrmann übernommen. Der ist im Hauptberuf Polizist und daher geeicht auf die konsequente Einhaltung von Abläufen. Erst Rechte vorlesen, dann erschießen und nicht andersrum. Kennt man ja. Jedenfalls war Fuhrmann ganz kurzfristig erkrankt und konnte bei der Premiere nicht mitmachen. Ich nahm an, dass es sich bei «Vorhang öffnen und schließen» um eine astreine Deppenaufgabe handelte, und sagte zu.

Als ich den Theatersaal betrat, stürzte Dattelmann zu mir und drückte mir eine kleine Fernbedienung in die Hand. Sie hatte nur einen Knopf und eine Leuchtdiode. Dattelmann sagte: «Es gibt zwölf Szenen. Nach jeder Szene kommt ein Blackout. Dann musst du den Vorhang schließen. Und wenn ich dir ein Zeichen gebe, ist dahinter umgebaut, und du kannst ihn wieder öffnen. Eigentlich ganz leicht. Alles kapiert?» Ich nickte. Dann zeigte er mir, wie die Fernbedienung funktionierte. Zweimal drücken: Vorhang auf. Einmal drücken: Vorhang zu. Dattelmann erklärte mir dann noch, dass Fuhrmann und er ein eingespieltes Team gewesen seien, man habe sich blind verstanden. Damit erhöhte er den Leistungsdruck. Ich wurde nervös.

Mit der Fernbedienung in der Hand saß ich neben dem Oberstufenschüler, der das Licht bediente. Er sagte: «Toi, toi, toi.» Ich befühlte den kleinen grauen Gummiknopf, und bevor ich darüber nachdenken konnte, hatte ich ihn einmal gedrückt. Ich nahm mir vor, zu Beginn des Stückes infolgedessen noch ein weiteres Mal zu drücken. Das waren dann zweimal, und der Vorhang würde sich logischerweise öffnen. Das Saallicht erlosch. Ich drückte das zweite Mal. Nichts passierte. Also drückte ich noch zweimal. Der Vorhang öffnete sich zehn Zentimeter, um sich dann ruckartig wieder zu schließen. War wohl einmal zu viel. Dattelmann sah wütend zu mir herüber. Ich drückte noch mal, der Vorhang öffnete sich, das Stück begann, und ich bekam nasse Hände vor Stress.

Wohl deswegen versagte ich am Ende der Szene und drückte abermals nur einmal, dann ganz schnell zweimal, noch einmal und noch einmal. Der Vorhang zappelte herum wie Kochwäsche im Frühlingswind. Nach dem dritten Blackout funktionierte ich, beim vierten verpasste ich meinen Einsatz, weil ich Nick einen Euro für Fanta geben musste, der fünfte Vorhang klappte beinahe, und nach dem sechsten war Pause, in der Dattelmann mir die Fernbedienung erneut erklärte, als brächte er einem Meerschweinchen das Radfahren bei. Im zweiten Teil versagte ich erst nach Szene neun, weil ich so aufgeregt über das Gelingen der Vorhänge sieben und acht war. Dann verzählte ich mich wieder, und ganz am Schluss hieb ich wie ein Irrer auf die Fernbedienung ein, wodurch sich der Vorhang siebenmal halb öffnete und sich dann dauerhaft schloss, weil das Steuergerät hinter der Bühne den Geist aufgab.

Das Ensemble musste sich daher vor dem Vorhang am Bühnenrand verbeugen. Dattelmann kam zu mir, nahm die Fernbedienung an sich und entband mich von allen weiteren Auftritten. Dann schlich ich aus dem Saal. Ich hörte eine Mutter sagen: «Der Idiot am Vorhang hat den Kindern alles versaut.» Das bedrückte mich sehr. Aber dann fiel mir ein, dass alles nicht so schlimm war, kein Grund zur Scham. Denn im Programmheft stand ja «Vorhang: Klaus Fuhrmann». Irgendwie tut der mir jetzt leid.

DAS SPD-SCHICKSAL

Demokratie ist eine feine Sache, bereitet aber durchaus Mühe. Wer ein Mandat haben möchte, muss schon einiges auf sich nehmen. Meistens ist die Zugehörigkeit zu einer Partei erforderlich. Dann müssen ein Programm her, schicke Plakate sowie Fähnchen und Ballons. Sonst kann man nicht ernsthaft antreten. Diese essenziellen Kulturtechniken der Demokratie wollen früh eingeübt sein, und daher spielten sie an der Schule unseres Sohnes Wahlkampf.

Nick berichtete, dass er eine erfolgversprechende Partei gegründet habe, nämlich die SPD. Ich entgegnete, dass das eine gute Idee sei, aber es gebe bereits eine Partei mit diesem Namen. «Stimmt, aber bei uns steht SPD für *Snowboard-Partei Deutschlands*», sagte er. Dann legte er mir sein Programm dar. Es bestand in der Forderung, eine Snowboard-Anlage auf dem Schulgelände zu bauen und diese ganzjährig zu beschneien, außer im August, weil dann niemand da sei, um Snowboard zu fahren. Ich fragte Nick, wie viele Mitglieder seine Partei habe, und er antwortete, sie seien zu zweit. Dennoch rechne er sich große Chancen aus, wenn sie erst die Plakate aufgehängt und mit dem Wahlkampf so richtig begonnen hätten.

Ich bestärkte ihn in seinen Bemühungen, denn er hat recht: Auch bei Parteien kommt es nicht unbedingt auf die Größe an. Es gibt sehr kleine Gruppierungen, die überraschend erfolgreich agieren. Im Rat der Stadt Datteln sitzt zum Beispiel die «Datteler Stadt Partei», die es so überhaupt nur in Datteln gibt! Und der Rat der Stadt Ilmenau wird durch die Anwesenheit von zwei Vertretern der Partei «Pro Bockwurst» bereichert. Es handelt sich bei «Pro Bockwurst» um eine Initiative für Bildung, Wissenschaft und die Manifestierung der Bockwurst als Kulturgut. Im Magdeburger Stadtrat tummelt sich ein Vertreter von *«Future!»*. Das ist eine Partei für junge Leute, deshalb der englische Name und das Ausrufezeichen. Aber immerhin: Einen Sitz hat *«Future!»* ergattert. Und das ist gut für die Demokratie.

Nach einigen schwierigen Wahlkampfauftritten, in deren Verlauf Nick die Vertreter aller anderen

Parteien als Arschkrampen verunglimpft hatte, schwante ihm, dass seine SPD nicht besonders hoch in der Wählergunst stand. Ich riet ihm daher zum Führen eines Doktortitels. Das mache was her und bringe belegbar politischen Erfolg: Es besitzt nämlich gerade mal ein Prozent der Deutschen einen Doktortitel, aber 17 Prozent der Abgeordneten des Deutschen Bundestages. Und wenn man geschickt in Prag oder Brazzaville oder an der Universität von Aschgabat promoviert, geht das auch ganz schnell. Das machte Nick Mut, und er pinselte ein «Doktor» vor seinen Namen auf die Wahlplakate seiner SPD.

Carla sicherte ihm ihre Stimme zu, was ich nett fand, auch wenn sie von seinem Programm nichts hält. Überhaupt pflegt sie eine seltsame Beziehung zur Demokratie. In ihrem Freundeskreis wird nicht mehr gewählt, sondern nur noch nominiert. Die Nominierung ist zwar auch eine Art Klassiker der Demokratie, aber bei Carlas Pubertier-Clique ist damit etwas ganz anderes gemeint. Sie spielen da gerade alle «Neknomination». Dieses Saufspiel verbreitet sich in rasender Geschwindigkeit über Facebook und geht so: Jemand filmt sich dabei, wie er eine Pulle Bier auf ex hinunterspült. Wenn er

die Flasche abgesetzt hat, fordert er drei Bekannte dazu auf, dasselbe zu tun. Und die müssen sich dann ebenfalls dabei filmen, wie sie Bier trinken, und wiederum drei Bekannte dafür nominieren. Es dürfte höchstens noch eine Woche dauern, bis sämtliche deutsche Jugendliche einmal dran waren. Heute sah ich auf Facebook das Filmchen von Alex. Er schaffte sein Bier in knapp zehn Sekunden und nominierte dann Max, Finn und Julius. Ich kann mich noch erinnern, wie ich Alex die Schwimmflügelchen angezogen habe. Und jetzt ist er schon so groß, dass er Bier trinken kann. Ich bin alt.

Nick ist am Ende mit seinem Wahlkampf gescheitert. Seine SPD erhielt insgesamt vier Stimmen, nämlich seine, Carlas, die seines Genossen Paul und die von Maxine, welche in Paul verknallt ist und alles macht, was er sagt. Dennoch hat die SPD gewonnen, und zwar die SPD von Madelaine. Sie forderte Kuchen für alle in jeder großen Pause und eine schulweite Aufhebung des Kaugummiverbots. SPD steht bei ihr für «Süßigkeiten-Partei Deutschlands».

ALLES WIRD GETEILT

Wir befinden uns im Zeitalter des Teilens. Das ist Oldschoolern wie mir schwer zu vermitteln, aber angeblich ist Teilen das neue Haben. Als moderner Mensch teilt man sich ein Auto mit fremden Leuten, die darin Knoblauchdunst verströmen, als seien sie auf Vampirjagd. Man teilt sich Büros, die man jedes Mal neu einrichten muss, wenn jemand anderes darin gearbeitet hat, und Frauen teilen sich teure Handtaschen, damit diese nicht sinnlos in Schränken herumliegen, wenn man mit ihnen eigentlich gerade Eindruck schinden könnte.

Ebenfalls im Sharingkreislauf: Lebensmittel, Bücher, Filme, Gartengeräte und Bohrmaschinen. Bewohner von gefragten Städten teilen sich ihre Behausungen mit ein- und wieder ausfliegenden Geschäftsreisenden, und manche Zeitgenossen stellen sogar sich selbst und ihren Körper zum Teilen zur Verfügung. Bei RTL 2 sind bisweilen Eheleute zu bestaunen, die fünfzig Kilometer weit mit dem Auto fahren, um sich ein Ehepaar aus Bad Salzuflen und einen Makler für Gewerbeimmobilien aus Treuchtlingen zu teilen. Manche ziehen dabei venezianische Masken auf. Und anschließend essen alle gemeinsam Kartoffelsalat. Verrückte Welt, wirklich.

Die meisten Teilungen kommen über das Internet und dort ansässige Plattformen zustande. Laut einer Studie der Bitkom – eines Verbands der IT-Branche – haben 83 Prozent der Internetnutzer Interesse an der sogenannten Shareconomy. Die Begeisterung für diese gesellschaftliche Revolution hat mich allerdings noch nicht im gewünschten Umfang erreicht. Ich teile recht ungern, zumindest Dinge, die ich einmal mit einer gewissen Begeisterung angeschafft habe. Womöglich bin ich zu sehr Kapitalist oder so. Aber ich kann es schon nicht ausstehen, wenn andere mit ihrem Besteck in meinem Essen herumstochern. Es hat einen Sinn, dass der Kohlrabi da liegt, wo er liegt. Ich mag es, dass er da liegt, und wenn ihn einer wegnimmt, bekommt er meine Gabel zu spüren.

Das findet Carla endspießig. In ihren Augen leben wir zu Hause in einer Art Kommune, in der es vollkommen selbstverständlich ist, dass sie sich

die Pullover ihrer Mutter und die CDs ihres Vaters nimmt, ohne jemals danach zu fragen. Zumindest die Musik gibt es schließlich auch kostenlos im Internet, warum soll sie mich dann darum bitten?

Diese Haltung teilt sie mit vielen Pubertieren, und diese teilen diese Meinung wiederum bei Facebook mit, dem Eldorado des Teilens. Auf Facebook wird ununterbrochen geteilt. Das hat dazu geführt, dass der Begriff in der bei Facebook üblichen Form in die Alltagssprache des Pubertiers und seiner Freunde eingesickert ist. Wenn sie sich unterhalten, sagt einer von ihnen: «Teilt: Ich habe mein Pausenbrot vergessen.» Und er bekommt zur Antwort: «Teilt: Du kannst etwas von mir haben, aber es gibt Leberwurst.» Worauf der Erste entgegnet: «Teilt: Dann kaufe ich mir lieber ein Snickers.»

Aber auch bei unserer Tochter hat diese Teilerei gewisse Grenzen, wie ich herausfand, als ich ihr vorschlug, unseren Christbaum mit den Nachbarn zu teilen. Ich sagte: «Wir könnten den Baum an Heiligabend schmücken und ihn dann gegen 15 Uhr bei Schürbergs vorbeibringen, wofür wir den Baum von Dattelmanns bekommen, der am 1. Weihnachtstag von Schulzes abgeholt und durch den Baum von Familie Keller ersetzt wird.» Sie tippte sich an die Stirn und sagte, sie wolle gefälligst einen eigenen Baum und dass ich das Prinzip des Teilens offenbar nicht kapiert hätte. Wahrscheinlich hat sie recht.

Ich kämpfe noch mit der Kultur einer in Dauerteilung befindlichen Gesellschaft, welche ihren Hunger nach geteilten Erfahrungen übrigens rund um die Uhr stillen kann, wenn sie sich bei Livetickern informiert. Dort wird selbst dann irgendwas mitgeteilt, wenn es überhaupt nichts mitzuteilen gibt. Im Rahmen einer von den Medien zu einem Jahrtausendereignis hochgeföhnten Sturmflut in Norddeutschland vermeldete der Focus-Online-Ticker am 5. Dezember um 12:03 Uhr zum Beispiel folgende Horrormeldung: «Im Landkreis Friesland ist es schon ordentlich windig.» Ja. Aha. Da ist es windig. Soso. Diese Nachricht fand ich derart abstrus, dass ich sie nicht etwa gelöscht habe. Nein, ich habe sie sofort: bei Facebook geteilt.

IM PUBERTIERLABOR: HEILIGABEND

Im Zuge seiner Forschungen zum Sozialverhalten des Pubertiers ist es dem Versuchsleiter am Heiligen Abend gelungen, einprägsame Beobachtungen zu notieren. Bereits vorher war bekannt, dass es sich beim Pubertier um eine Spezies handelt, die sich in Windeseile in ein anderes Tier verwandeln kann, zum Beispiel in ein Diskutier, in ein Debattier, in ein Lamentier oder in ein Kommentier. Und nun auch noch in ein Boykottier.

Am Morgen des Heiligen Abends teilt das Pubertier Carla beim Frühstück mit, dass es noch einmal grundsätzlich über Sinn und Nutzen des Weihnachtsfestes diskutieren wolle. Dabei kaut es genüsslich auf einem von seiner Oma in fronvoller Rackerei zubereiteten Vanillekipferl herum. Es verkündet, dass die ganze Plackerei sinnlos sei, solange es noch ein Kind auf Erden gebe, das keine Vanillekipferl bekomme. Dem Einwand des Versuchsleiters, dass der Oma das Backen von mehreren

Milliarden Kipferl nicht zuzumuten sei, begegnet das Pubertier mit Abscheu und der Aussage, dass der Versuchsleiter ein zynischer Apparatschik der Konsumgesellschaft sei.

Das Pubertier kündigt an, Weihnachten mit all seinen traditionellen Blödsinnigkeiten zu ächten. Es verwandelt sich damit in ein Boykottier. Carla fordert ihren jüngeren Bruder auf, diese Maßnahme zu unterstützen, worauf Nick ihr einen Vogel zeigt und erklärt, er stehe voll zu Weihnachten und erwarte gegen 17:30 Uhr die Bescherung. Er werde dabei auch sämtliche seiner Schwester zugedachten Geschenke dankend entgegennehmen und alles, was ihm davon nicht gefalle, noch am selben Abend bei eBay versteigern, um seinen Weihnachtsertrag ins Unermessliche zu peitschen.

Der Versuchsleiter und sein Sohn schmücken dann den Baum, welcher nach eingehender Diskussion die Farben Rot und Silber erhält. Das Boykottier beteiligt sich weiter nicht, kritisiert aber die Farbwahl als spießig und seinen Bruder als willfährigen Helfer des Kitschverantwortlichen. Schließlich bringt es doch Kerzen an. Es besteht jedoch darauf, dass es sich auf diese Weise keineswegs an peinlichen Ritualen beteilige, sondern nur das Schlimmste verhindern wolle. Ebenfalls völlig unritualisiert erfolgt anschließend die Zusammenstellung eines objektiv betrachtet ansehnlichen Plätzchentellers, mit dem das Boykottier in sein Zimmer abraucht, wo es nicht gestört werden möchte.

Stunden später taucht es wieder auf, weil ihm langweilig sei. Es fragt aus rein organisatorischen Gründen, für wann denn die Sache mit der Bescherung geplant sei, und kündigt an, dieser beizuwohnen. Dies habe nichts mit falscher Romantik zu tun, sondern nur damit, dass komischerweise keiner seiner Freunde am späten Nachmittag Zeit habe. Zum vereinbarten Zeitpunkt erscheint das Boykottier entgegen einer früheren Verlautbarung nicht in Pyjama und Bademantel, sondern doch recht nett zurechtgemacht. Fast könnte man meinen, es habe sich für die Feierlichkeiten fein angezogen, aber es erklärt, es habe lediglich überprüfen wollen, ob ihm der Rock und die Bluse noch passten.

Das Aufsagen von Gedichten lehnt das Boykottier ab, lässt sich aber dazu erweichen, etwas auf dem Klavier vorzuspielen. Es weist in diesem Zusammenhang darauf hin, dass ihm ohnehin nach

Klavierspielen zumute gewesen sei. Es sei völliger Zufall, dass es ausgerechnet «White Christmas» und «Stille Nacht» zum Besten gebe. Schließlich sitzt das Boykottier bei der Bescherung auf der Couch und verfolgt mit verschränkten Armen die Übergabe von Geschenken. Es verweigert zunächst die Annahme mehrerer Päckchen, kommentiert jedoch die gegenseitigen Gaben der anderen Familienmitglieder zunehmend wohlwollend.

Schließlich erklärt es, der Abend entwickele sich angenehmer als erwartet und dass es auch Geschenke für die anderen habe. Diese habe es bereits vor längerem besorgt, und es helfe ja niemanden, wenn es diese Geschenke jetzt nicht verteile. Nachdem sich alle darüber sehr freuen, beendet das Boykottier seinen Boykott und verwandelt sich wieder in das Pubertier, als welches es mit Begeisterung Geschenke entgegennimmt.

Fazit der Studie: Das Pubertier ist zwar willensstark, aber gleichzeitig ungefähr so korrupt wie ein tropischer Diktator.

RAUCHENDE RAUPEN

Wenn ein Vater am Silvesternachmittag die Order ausgibt, dass die Tochter um Punkt ein Uhr nachts daheim zu sein hat, dann muss er das auch genau so sagen: «Du bist um Punkt ein Uhr zu Hause, sonst gibt's Kasalla.» Das sagte ich aber natürlich nicht. Ich mahnte vielmehr unkonkret und ohne jede eindrucksvolle Drohkulisse: «Sieh zu, dass du nicht so spät nach Hause kommst, ja?» Solch einen Larifari-Spruch kann man sich gleich sparen, denn er enthält keine für ein Pubertiergehirn verwertbare Information.

Apropos verwertbare Information. Hier ist eine für alle Leserinnen und Leser, die mit dem Begriff «Kasalla» nichts anfangen können: Das Wort leitet sich von dem Markennamen «Casala» ab, einem Hersteller von Möbeln, der einst besonders im Rheinland viele Schulen belieferte. Wenn es dort in früheren Zeiten Dresche vom Lehrer gab, mussten sich die Delinquenten nach vorne über den Tisch beugen und sahen während der Bestrafung auf das Firmenschild mit der Aufschrift «Casala». Das Wort hat sich ihnen als Synonym für «großen Ärger» eingeprägt.

Bevor Carla gegen 18 Uhr zu Maximilians Feier abschwirrte, sprachen wir auch über Jungs und darüber, dass die im Lauf so einer Silvesterparty wie überhaupt eigentlich immer zu einer gewissen körperlichen Romantik neigen, die von den Mädchen zu Recht als übergriffig und total fehl am Platze wahrgenommen wird. Und von mir auch. Wenn sich irgend so ein Aknepirat unautorisiert meiner Tochter nähert, gibt's Kasalla.

Leider hatte mich Maximilian nicht zu seiner Party eingeladen, ich hatte also keine Möglichkeit, mein Pubertier zu beschützen. Komischerweise will es das auch gar nicht. Derartige Versuche werden von Carla als unbotmäßig und peinlich geradezu brüsk abgelehnt. Ich wollte aber wenigstens hilfreiche Tipps geben und erklärte ihr, dass man Zudringlichkeiten verhindern kann, indem man möglichst viel raucht. Ich würde meiner Tochter unter normalen Umständen niemals den Genuss von Tabakwaren empfehlen und heiße ihn auch grundsätzlich nicht gut, aber Nikotin eignet sich ausgezeichnet zur Abwehr von Fressfeinden. Das habe ich jedenfalls gelesen. Gut, es ging in dem Artikel eher um Insekten, aber die Sache klang sehr danach, dass man die Erkenntnisse der Biologen vom Max-Planck-Institut für chemische Ökologie in Jena auch auf Pubertiere anwenden kann.

Die Forscher haben herausgefunden, dass Wolfsspinnen der Appetit auf Raupen vergeht, wenn diese an Tabakblättern knabbern. Dabei gelangt nämlich eine kleine Menge von Nikotin in den Verdauungstrakt der Raupe. Kenner der Materie schnalzen mit der Zunge, wenn die Wissenschaftler berichten, was dann geschieht. Es ist tatsächlich so, dass in den Zellen des Mitteldarms der Raupe ein Gen namens CYP6B46 aktiviert wird, welches umgehend die Produktion von Cytochrom P450 6B46 ankurbelt. Dieses listige Protein kümmert sich darum, dass ein Teil des verdauten Nikotins in die Körperflüssigkeit der Raupe weitergegeben und schließlich über die Haut ausgedünstet wird. Der dabei entstehende Geruch passt den Wolfsspinnen überhaupt nicht, mehr noch, er verdirbt ihnen schlagartig den Appetit. Eine darüber übel gelaunte Wolfsspinne sucht sich umgehend eine Raupe mit anderen Essgewohnheiten, oder sie ver-

liert gänzlich die Lust auf Raupen, spielt mit ihren Kumpels Playstation und lässt die stinkenden Raupen stinkende Raupen sein.

Nachdem ich Carla mit diesem Thema ausführlich gelangweilt hatte, nahm sie ihren Rucksack und haute mich um fünf Euro für Zigaretten an, damit sie den Wolfsspinnen auf der Party ein Schnippchen schlagen könne. Dann verschwand sie. Und natürlich kam sie nicht um eins nach Hause, sondern um zehn vor vier. Das weiß ich so genau, weil ich bis dahin kein Auge zugemacht habe. Ich dachte immerzu an die Wolfsspinnen und stellte mir panisch rauchende Raupen vor. Als Carla heimkam, stand ich auf, wünschte ihr ein frohes neues Jahr und wollte ihr einen Kuss geben, aber meine kleine Raupe stank derart nach Qualm, dass ich es mir anders überlegte. Ich fragte, wie es bei Maximilian gewesen sei, und sie erklärte, die Jungs seien leider so was von langweilig gewesen. Kein Wunder, dachte ich und legte mich wieder hin. Triumph der Wissenschaft, das muss man mal sagen.

DAS SPICK-SEMINAR

Unser Pubertier ist es gewohnt, sämtliche Aufgabenstellungen des Lebens unter Zuhilfenahme seines Handys zu bewältigen. Was auch immer Carla benötigt, wissen muss, zu erledigen hat: Ihr Smartphone hilft ihr dabei. Sein unerschöpflicher Vorrat an Fremdwissen aus dem Internet würde sich perfekt dazu eignen, jede Prüfung in der Schule mühelos zu bestehen. Das sehen Carlas Lehrer ganz ähnlich und haben die Benutzung von Handys während des Unterrichts und besonders während der Klausuren verboten. Was bei Carla einerseits zu derart intensivem Verdruss führt, dass Finanzminister Schäuble im Vergleich zu unserer Tochter wie ein angetüterter Hallodri rüberkommt. Andererseits zeitigt das Handyverbot ungeheuerliche Kreativitätsschübe hinsichtlich der Konzeption von Spickzetteln.

Ich bin immer noch ganz begeistert von dem Exemplar, das auf meinem Schreibtisch steht. Ein

Meisterwerk. Carla hat es mir geschenkt. Es handelt sich im Grunde bloß um eine Flasche Punica, für sich genommen nichts Besonderes. Ich wunderte mich, als ich sie in Carlas Zimmer fand, denn das Zeug schmeckt wie Klostein mit Honig. Ich sammelte die leere Pulle ein und warf sie in den Müll.

Eine Stunde später stand Carla aufgelöst in meinem Büro und fragte, wo die Flasche sei. Dann raste sie zur Mülltonne und durchwühlte diese erfolgreich. Mit der Flasche in der Hand wünschte sie eine gute Nacht und erklärte noch, die Pulle sei eine Art Talisman für die Matheklausur.

Am nächsten Tag schrieb sie also Mathe, und als sie nach Hause kam, war sie in ausgezeichneter Stimmung, was mich eher wunderte. Sie wirkte so, wie Wolfgang Schäuble wirken würde, wenn in Griechenland plötzlich größere Ölfelder auftauchen. Ich fragte sie, was sie so heiter stimme, und sie holte die Flasche aus ihrem Rucksack. Sie war nicht mehr leer, sondern enthielt eine orange Flüssigkeit.

«Fällt dir irgendwas an dieser Flasche auf?», fragte Carla und hielt sie mir entgegen. Ich nahm das Gefäß und drehte es ins Sonnenlicht.

«Sieht aus wie Lampenöl vom Bio-Weihnachtsmarkt», sagte ich.

«Es geht nicht um den Inhalt, sondern um die Inhaltsstoffe.» Sie lächelte wissend. Ich sah genauer hin und brauchte einen Moment. Aber dann bemerkte ich: Das Etikett war eine einzige brillante Fälschung. Anstelle der Angaben über Inhaltsstoffe des Getränks befanden sich auf dem Etikett exakte und detaillierte Handreichungen zum Themenkomplex der axiomatischen Definition von Wahrscheinlichkeit, zu verknüpften Ereignissen sowie zu Extremwertproblemen – alles Dinge, an die ich mich nur vage aus meiner eigenen Schulzeit erinnere. Ich weiß bloß noch, dass ich damals bereits an der Herstellung eines Spickzettels scheiterte, weil ich in der Klausur meine eigenen kryptischen Abkürzungen auf dem winzigen Papier nicht mehr verstand, vom eigentlichen Schulstoff ganz zu schweigen.

Aber diese Flasche war einfach großartig. Carla und ihre Freunde waren in den Supermarkt gegangen und hatten nach einem Getränk gesucht, auf dem möglichst viel zu lesen stand. Nach intensiver Recherche stellten sie fest, dass Punica ein ziemlich textlastiges Getränk ist, was vermutlich mit den zahlreichen naturidentischen Inhaltsstoffen darin zu tun hat. Jeder kaufte eine Flasche, dann fuhren sie zu Carlas Freund Moritz. Sie fummelten ein Etikett ab und legten es auf seinen Scanner. Das Bild vom Etikett bearbeiteten sie in Photoshop. Normalerweise werden mit diesem Bildbearbeitungsprogramm Gesichtsfalten geglättet, Beine verlängert, Brüste vergrößert, Schweißflecken retuschiert und Sonnenuntergänge von Hawaii nach Hagen verlagert. Moritz hingegen ersetzte das Textfeld auf dem Etikett durch ein neues in der gleichen Schrift, aber mit völlig anderem Inhalt. Sogar die Nährwerttabelle, die Adresse des Herstellers und die Mengenangaben auf der Flasche nutzte er perfekt für seinen elegantesten Spickzettel der Welt. Dann druckte er das überarbeitete Etikett achtmal auf seinem Farblaserdrucker aus, und die ganze Clique beklebte damit ihre Flaschen.

Mag sein: Das ist verboten. Andererseits: Von mir bekamen die Kinder für ihre Kreativität eine Eins, von ihrem Mathelehrer teilweise auch, soweit ich informiert bin. Meine Begeisterung entging Carla nicht, auch wenn sie sich darüber wunderte. Zur Vertiefung der Thematik bot sie mir eine Art Seminar an, in dem ihre besten Freunde ihr Wissen preisgeben würden, vorausgesetzt, es gäbe kühle Getränke. Das interessierte mich sehr, und gestern Abend fand dann das Proseminar mit dem Titel «Schummeln heute» an unserem Esstisch statt. Ich gebe es hier wieder, aber lesen dürfen den Text natürlich nur neugierige Eltern. Jugendliche überblättern diese Stelle bitte. Okay? Danke.

Niko berichtete zunächst davon, wie er Schokobons manipuliert, die er zuerst in das Funktionsprinzip der Hall-Sonde und anschließend in ihre Originalpapierchen einwickelt. Zur Sicherheit druckt er seine Zettelchen im hellsten Grauwert aus. Die fast weiße Schrift ist kaum zu erkennen. Außer für ihn. Ähnlich funktioniert das Periodensystem im Hörsaal seiner Schule. Es hängt weit hinten im Klausurraum. Die Schülerinnen und Schüler können es nicht von jedem Platz aus gleich gut sehen, deshalb dürfen sie bei Klausuren aufstehen und sich davorstellen. Inzwischen wurde die Karte an vielen Stellen winzig klein mit Bleistift beschriftet, was man aber nur erkennt, wenn man direkt davorsteht. Manchmal lungern während einer Klausur bis zu vier Jugendliche gleichzeitig vor dem Periodensystem herum, was der Lehrer

bisher hochbeglückt als Ausdruck größten Interesses am Schulstoff interpretierte.

Finn hat Erfolge mit Luftpostsendungen erzielt. Dabei wird eine Packung mit Taschentüchern quer durch den Raum geworfen, vermeintlich in der Absicht, verschnupften Mitschülern mit Zellstofftüchern auszuhelfen. Diese Methode funktioniert besonders gut zur Übermittlung von drängenden Fragen, deren Antworten rasch zurückgeschmissen werden können. Hierbei sind die schwer berechenbaren ballistischen Eigenschaften von Papiertaschentüchern zu beachten, außerdem muss der zur Täuschung notwendige Schnupfen glaubhaft wirken. Trockene Nasen können den Argwohn des Lehrkörpers hervorrufen. Ein gewisses Schauspieltalent ist auch beim opulent belegten Käsebrötchen gefragt, welches man nicht öfter als zweimal zur Kontrolle des Inhalts aufklappen kann und dann unverzüglich verzehren muss.

Darian schwört auf den sogenannten falschen Hasen. Dabei handelt es sich um einen vermeintlichen Spickzettel, der, auffällig platziert, vom Lehrer gefunden werden soll, aber dann nur ein schwaches Liebesgedicht enthält, welches nicht beanstandet und deshalb auch nicht eingezogen wird. Es wird jedoch Augenblicke nach der Überprüfung durch einen fundamentalen Spicker ersetzt. Funktioniert besonders gut bei geschiedenen Lehrerinnen. Behauptet Darian.

Handwerkliches Geschick ist bei der präparierten Schokolade gefragt. Dafür braucht man laut Emma eine Tafel Vollmilch und eine Zirkelspitze, mit der man Lösungsansätze in die Schokolade ritzen kann. Besser lesbare, aber auffälligere Ergebnisse erzielt man mit Lebensmittelfarbstiften. Der Vorteil dieser Methode liegt in der hohen Sicherheit der Spickolade, die man nach Gebrauch oder bei Gefahr durch Verzehr unauffindbar machen kann. Es ist jedoch davon abzuraten, dem Tischnachbar verfrüht eine Rippe anzubieten. Bereits das Aufessen weniger Stücke Schokolade zerstört sonst die Verständlichkeit mühsam aufgebrachter Hinweise zu mesomeren Grenzstrukturen.

Der genialste Pfuschzettel kam am Schluss von Moritz. Seine Methode heißt «Baum vor Wald» und geht so: Man beschriftet eine große bunte Pappe mit einem extra fetten Filzstift und schreibt alles darauf, was man benötigt. Dann hängt man die große bunte Pappe zwischen die vielen anderen großen bunten Pappen, die heute in fast jedem

Klassenzimmer hängen. Der Riesen-Spickzettel fällt überhaupt nicht auf, besonders wenn er hinter dem aufsichtführenden Lehrer an der Wand platziert wird. Moritz weist jedoch auf das einzige Risiko dieser Methode hin: Man darf die Mitschüler nicht einweihen, sonst glotzen alle auf die Wand. Der Lehrer dreht sich irgendwann irritiert um und entdeckt das Plakat. Und das wäre doch schade, bei der ganzen Mühe.

Muss man sich um so eine Jugend Sorgen machen? Ich glaube: nein.

SEX UND POESIE

Unser Nick war immer schon groß im Witzeerzählen, und ich liebe es, ihm dabei zuzuhören. Lange war er ein überzeugter Vertreter des absurden Humors und erfreute mich mit Scherzfragen in der Art von: «Was ist braun und schwimmt? Ein U-Brot.» Oder: «Was ist braun und sitzt im Gefängnis? Eine Knastanie.» Einmal stand er vor Freude zitternd in meinem Büro und fragte: «Was ist klein, gelb und hat drei Ecken?» Ich antwortete wahrheitsgemäß: «Ich habe keine Ahnung.» Darauf er jubelnd: «Ein kleines gelbes Dreieck!» Dann lachte er sich kaputt. Und ich lachte auch.

Mit der Zeit schlichen sich anzügliche Pointen ein. «Was ist rot und steht an der Straße? Eine Hagenutte.» Oder: «Was ist grün und steht an der Straße? Eine Froschtituierte.» Und inzwischen befinden wir uns in jener Phase der männlichen Entwicklung, in der Witze eigentlich gar nicht mehr versaut genug sein können. Nick hat großen

Spaß daran, mich bei jeder Gelegenheit zu fragen, ob ich Geburtstag hätte. Ich sage jedes Mal brav: «Nein, ich habe nicht Geburtstag.» Und darauf er: «Dann nimm die Hand von der Kerze.»

Seine Witze haben jetzt ganz viel mit Themen zu tun, die seine und die Phantasie seiner Kumpel enorm beflügeln. Und sie sind nicht übel, diese Witze. Astreiner Jungshumor, der früher durch die Institution Bundeswehr seine Verbreitung erfuhr und heute wahrscheinlich wie alles im Leben durch das Internet. Und durch die Schule. Dort statten sie sich gegenseitig mit Zoten aus wie dieser hier: «Sagt die Prinzessin zum Frosch: ‹Muss ich dich jetzt küssen, damit du ein Prinz wirst?› Antwortet der Frosch: ‹Nee, das ist mein Bruder. Mir musst du einen blasen.›»

Nicks Mutter, mit der ich lange und gut und gern verheiratet bin, fand diesen Witz beim Abendessen nur mittelwitzig, musste aber über Nicks beim Dessert servierten Höhepunktscherz auch lachen: «Peter liegt mit seiner neuen Freundin im Bett und möchte gerne fummeln, aber die stellt sich an. Da sagt er: ‹Darf ich denn wenigstens meinen Finger in deinen Bauchnabel stecken?› Und sie sagt: ‹Na gut, meinetwegen.› Nach ein paar Sekunden schreit sie los: ‹Hey, das ist nicht mein Bauchnabel!› Und darauf er: ‹Das ist ja auch nicht mein Finger!›»

Viele seiner Witze haben irgendwie mit autosexuellen Handlungen zu tun, und zumindest einer ist echt gut. Da sagt Pinocchio zum Meister Gepetto: «Immer wenn ich mit einer Frau zusammen bin, muss ich so wahnsinnig aufpassen, dass ich nicht splittere.» Darauf sagt Gepetto: «Nun, dann nimmst du ein ganz feines Schleifpapier und polierst vorher deinen Ast.» Eine Woche später unterhalten sie sich wieder, und Gepetto fragt: «Und? Wie läuft's mit den Frauen?» Darauf Pinocchio: «Frauen? Wozu brauche ich Frauen?»

Ich habe mich einmal mit einem Psychologen darüber unterhalten, und der meinte, es sei völlig normal, dass Jungs in dem Alter derbe Scherze machten. Man müsse sich keine Sorgen machen, dass aus den Knaben üble Machos werden, bloß weil sie sich mit sexistischen Witzen überbieten. Ich war darüber sehr beruhigt, muss aber feststellen, dass die Romantik bei den Jungs überhaupt keine Chance hat. Das finde ich schade. Die Kraft der Liebeslyrik interessiert Nick noch nicht die

Bohne, für Poesie hat er keinen Sinn, und ich glaube, das gilt für seinen ganzen Freundeskreis: Poesie ist total outdated.

Und mit der Poesie ebenfalls verschwunden ist: das Poesiealbum. Ich habe Nick gefragt, ob er öfter in die Poesiealben seiner Mitschülerinnen schreiben muss. Er sah mich mit großen Augen an und fragte mit vollem Mund zurück: «Waff iff ein Powiealbm?» Ich wischte die Krümel ab, die er mir beim Poesiealbumsagen ins Gesicht gepustet hatte, und erklärte es ihm. Und ich erzählte ihm auch, dass es früher etwas bedeutet hat, wenn ein Mädchen einem so ein Ding in der Pause übergab, damit man sich dort verewigte.

Man nahm es mit nach Hause und überlegte sich genau, was man dort hineinschrieb. Es durfte nicht zu nett und zu persönlich sein, damit die nachfolgenden Reinschreiber nicht auf die Idee kamen, dass man das Mädchen am Ende vielleicht mochte. Es durfte aber auch nicht schroff oder gemein sein, denn das Ding hieß ja Poesiealbum und nicht Mobbingkladde. Ich gab mir immer Mühe und krakelte jedem Mädchen etwas anderes hinein, was meinen Marktwert enorm erhöhte. So hielt ich die Sportskanonen der Klasse auf Abstand, die zwar besser im Kugelstoßen waren, aber die Seiten der Poesiealben mit ihren Tintenkillern durchschubberten oder unleserlichen Quatsch hineinschrieben. Noch schlimmer war nur der Streber, der es fertigbrachte, in jedes Album exakt dasselbe reinzuschreiben. Seine Einträge sahen aus, als habe er eine Schablone für Poesie zu Hause. Und jedes Mal klebte er einen daumennagelgroßen Froschaufkleber mit rein. Woher hat ein Elfjähriger 1978 einen ganzen Packen Froschaufkleber? Der Arsch. Also echt. Leider hörte Nick mir nicht zu. Er schaltet immer ab, wenn ich längere Ausführungen mit den Worten «Als ich so alt war wie du» beginne.

Außerdem findet er Poesie langweilig. Also konterte er meinen öden Vortrag mit seinem neuen Lieblingswitz: «Treffen sich zwei Spermien. Sagt das eine: ‹Wenn ich zuerst ankomme, werde ich ein Junge.› Darauf antwortet das andere: ‹Pah. Ich bin zuerst da. Und ich werde ein Mädchen!› Plötzlich schreit ein Kuchenkrümel: ‹Ihr Deppen werdet gar nix, ihr seid in der Speiseröhre!›»

Ich musste lachen, dann sagte ich: «Du weißt doch überhaupt nicht, was Spermien sind.» Da sah mich mein Sohn mitleidig an und erklärte mir, er sei absolut auf dem Stand der Dinge, er sei auf dem Kiwief, er sei ein Fachmann, schließlich sei er ausgiebig informiert worden. Und da hatte er recht, denn tatsächlich hat er das Thema schon vor drei Jahren im Unterricht absolviert, und zwar im Rahmen eines ausgesprochen munteren Rollenspiels.

Bei mir hieß die damit vergleichbare Unterrichtseinheit noch «Aufklärung». Und die wurde von einem mit jedem Wort ringenden Vollbart erteilt, der mit sakralem Ernst einen Pariser über ein Stück Holz spannte, als wolle er ein Geständnis erpressen. In Nicks Schule sagen sie aber nicht mehr «Aufklärung», da heißt das Ganze «Sexualpädagogischer Workshop», und alle dürfen mitmachen.

Nick berichtete damals ganz begeistert, er sei ein Spermagent gewesen. So nennen sie im Workshop die Spermien. Alle Spermagenten hätten sich schwarze Mützen aufgesetzt und seien eine Weile im Kreis gelaufen. Auf diese Weise hätten sie den Ernstfall simuliert. Dann seien sie zur Prostata gelaufen, und jeder habe einen Becher Apfelsaft erhalten. Nach einer Weile seien sämtliche Spermagenten über einen länglichen Luftballon gesprungen und zu einer Eizelle gerannt, die von ihrer todesmutigen Klassenkameradin Madelaine verkörpert wurde. Diese hielt ein Vorhängeschloss in der Hand, und Julian gelang es letztlich, es zu öffnen. Er war also quasi der Sieger und durfte Madelaine symbolisch befruchten. Schließlich kramten alle ihre Zettel aus den Hosentaschen und sahen nach, welches Geschlecht sie als Spermium gehabt hätten. Nick stellte zufrieden fest, dass er im Gegensatz zu Julian ein Junge gewesen wäre.

Auf meine Frage, was eigentlich die Mädchen gemacht haben, während die Spermagenten grölend durch die Klasse gerannt sind, sagte er: «Die haben ihr Inneres entdeckt.» Er fügte besserwisserisch hinzu, dass die Mädchen insgesamt komplizierter aufgebaut seien als die Jungen. Und dann berichtete er, dass sie alle gemeinsam Zervixschleim hergestellt hätten. «Zer… was?», fragte ich. Ich dachte, ich hätte mich verhört. Aber Nick dozierte, dass der Zervixschleim sehr wichtig sei für die Frauen und dass man übrigens über den Begriff keine Witze machen dürfe, sonst müsse man raus. «Wie habt ihr denn das Zeug selber hergestellt?», fragte ich entgeistert. Und darauf er: «Na, wie wohl? Man muss dafür nur Karamellbonbons lutschen.»

Ich bin ja selten sprachlos, aber da musste ich einsehen, dass mein damals zehnjähriger Sohn entschieden besser informiert war als ich. Als ich in seinem Alter war, hatte ich nichts mit Zervixschleim am Hut. Ich schrieb nur: «Mach es wie die Sonnenuhr, zähl die heitren Stunden nur», und malte eine Blume in Sonjas Poesiealbum.

ICH WERDE GEMOBBT

Das Anstrengende an Jugendlichen ist, dass sich ihre Weltsicht doch sehr stark durch Ablehnung auszeichnet. Wobei ich verstehen kann, wenn ein Pubertier dröhnend postuliert, dass es Fußpilz und Zitronat nicht leiden kann. Häufig bezieht sich die Abscheu jedoch auf Dinge und Personen, die einem nicht im Traum als besonders negierungswürdig eingefallen wären. Ich weiß zum Beispiel absolut nicht, was gegen meine Person einzuwenden ist. Dennoch bin ich das Ziel von erniedrigenden Attacken. Am Wochenende überwältigte Carla mich zum Beispiel mit der Einlassung, es gebe nur drei wirklich entsetzliche Dinge auf der Welt, nämlich Krieg, Armut – und Brunch. Das war, nachdem ich sie zu einem Brunch einladen wollte. Brunch sei das Allerletzte. Und Menschen wie ich, die da hingingen, seien gesellschaftlich unterste Schublade.

Diese unreflektierte Antihaltung kann man den Pubertieren nicht vorwerfen, zumal wir vor dreißig

Jahren genauso auftraten. Wobei meine Generation politischer war. Vor dreißig oder vierzig Jahren fanden andauernd Familiendiskussionen zu den Top-Reizfiguren Dregger, Filbinger, Strauß oder Kohl statt. Für Carla sind die aktuellen Polit-Protagonisten hingegen gar kein Thema. Sie kann schon die Vertreter der Parteien kaum voneinander unterscheiden. Seehofer oder Gabriel, Steinmeier oder Dobrindt: Für sie sind das alles schlaffe Schlipsfiguren, und da hat sie womöglich nicht unrecht. Natürlich findet sie bereits das Tragen eines Anzuges einen *epic fail*.

Darin unterscheidet sie sich von ihrem Bruder. Nick hat mir jüngst erklärt, er hätte lieber eine Anzugtype als Vater. Meinen Kleidungsstil lehnt er rigoros ab. Dabei habe ich gar keinen. Ich trage bloß keine Anzüge bei der Arbeit, weil es nun einmal in meinem Beruf nicht erforderlich ist. Und Krawatten trage ich gar nicht, schon weil die extrem gefährlich sind. Das ist wissenschaftlich erwiesen. Ein eng gebundener Schlips beeinträchtigt die Sauerstoffversorgung des Gehirns, was Entscheidungsprozessen, zum Beispiel in Politik und Wirtschaft, abträglich ist. Sigmar Gabriel sieht aus, als könne man durch einen kräftigen Ruck am Binder bei ihm Druckluft ablassen. Wenn man ganz kräftig zieht, fliegt er durchs Zimmer und macht komische Geräusche.

Forscher haben zudem darauf aufmerksam gemacht, dass Krawattenträger mit einem erhöhten Risiko für «grünen Star» leben müssen. Diese Krankheit wird durch einen zu großen Augeninnendruck hervorgerufen. Schon drei Minuten nach dem Anlegen einer Krawatte steigt dieser Druck deutlich. Die Forscher nehmen an, dass das Managerlätzchen die Halsvenen einengt und damit ein Rückstau einsetzt. Nach jahrelangen Überstunden im Büro macht das chronisch bedrückte Auge irgendwann schlapp. Vereinfacht lässt sich die Gefahr folgendermaßen zusammenfassen: Krawatten machen blind.

Meinem Sohn ist das wurscht. Er besucht häufiger andere Haushalte und erlebt dort, wie Anzugväter von der Arbeit kommen. Ihr Auftritt besitzt eine gewisse Grandezza, die unserem Alltag fehlt. Bei Nick zu Hause sitzt der Vater jeden Tag in T-Shirt und prähistorischen Turnschuhen vor dem Rechner, tippt und isst Pralinen. Meine Erscheinung ist ihm vor seinen Freunden peinlich. Und was das eigentlich für eine Arbeit sein solle, fragte mich Nick vor einigen Tagen mit beträchtlichem Ekel in der Stimme. Ich erläuterte ihm, meine Tätigkeit sei schön und dass es nun einmal auch Väter geben müsse, die schreiben, zumal es schon extrem viele gebe, die rechnen. «Aber deshalb musst du ja nicht rumlaufen wie ein Hartzer», sagte er angewidert.

Meine Pubertiere lassen wirklich keine Möglichkeit aus, mich zu ärgern. Das grenzt schon an Mobbing. Ich darf zum Beispiel meine Frau nicht mehr küssen. Sobald ich Sara in Carlas Beisein einen Kuss gebe, schreit das Pubertier los: «Igitt, könnt ihr bitte mal damit aufhören? Das ist ja ekelhaft.» Ich frage sie: «Aber warum darf ich denn die Mama nicht mehr küssen?» Und darauf Carla: «Weil du alt bist!» Soso. Das ist ja wohl eine Frechheit.

Ich werde richtiggehend gehänselt, und meine Kosenamen werden immer blöder. Früher hieß ich hier wenigstens noch «Chefsalat», aber inzwischen nennen meine Kinder – und meine Frau – mich «Opa». Manchmal heiße ich bei ihnen «Christiane Schmidt», was eine Verballhornung von «kriegst ja nüscht mit» darstellt und auf meine angeblich zunehmende Schwerhörigkeit anspielt. Es stimmt tatsächlich, dass ich manchmal schlecht verstehe, was die Menschen um mich herum sagen.

Neulich zum Beispiel. Ich sitze ganz friedlich beim Abendessen, da berichtet Sara, in Warschau sei eine Glühbirne durchgebrannt. Ich antworte, das sei ja eine ganz hammermäßige Information. Sara sagt, sie habe sich gedacht, dass mich das eventuell interessiere und ob ich die Glühlampe nach dem Essen auswechseln könne.

«Du meinst, ich soll gleich mal kurz nach Warschau fahren und eine Birne wechseln?»

«Wieso in Warschau?», fragt sie.

«Weil du eben gesagt hast, dass in Warschau eine Glühbirne durchgebrannt ist», sage ich mit wachsender Ungeduld.

«Im Waschraum, habe ich gesagt. Im Waschraum ist eine Glühbirne durchgebrannt, Christiane Schmidt.»

Alle lachen.

Aber das ist nicht das Schlimmste. Das Schlimmste ist nämlich diese Obstruktion, dieses ständige Dagegensein meiner Kinder. Auf Urlaubsfahrten zum Beispiel. Früher haben wir im Auto gesungen oder Spiele gespielt oder uns unterhalten.

Oder wir haben Lieder von Fredrik Vahle gehört, und ich habe mir ausgemalt, wie ich den Typen mit einer Gitarrensaite erdrossele. Das war schön. Inzwischen redet leider keiner mehr. Die Kinder schweigen und tragen riesige Kopfhörer. Ich habe den leisen Verdacht, dass da gar keine Musik rauskommt, sondern Klebstoffdämpfe, die langsam ins Hirn wandern. Anders ist der Gesichtsausdruck meiner Kinder auf langen Autofahrten nicht zu erklären.

Neulich war es besonders öde. Also machte ich Carla und Nick Zeichen, dass sie die Kopfhörer abnehmen sollten. Dann sagte ich: «Kommt, wir spielen was.» Von hinten rechts gequältes Ausatmen. «Doch, doch, kommt, wir spielen was! Wie wäre es mit Ich-sehe-was-was-du-nicht-siehst?» Nick und Carla sahen mich verständnislos an. Ich sagte: «So, auf geht's. Carla fängt an.» Und Carla fing an und sagte: «Ich sehe was, was du nicht siehst, und das ist blöd.» Darauf brüllte Nick: «Papa!» Und Carla: «Genau. Spiel zu Ende. Vielen Dank für das Gespräch.»

Aber ich ließ mich nicht abwimmeln. «Na gut, dann spielen wir eben Stadt/Land/Fluss. Aus dem Kopf. Das ist toll, Leute. Wir haben doch Zeit.

Nick sagt ‹A› und geht das Alphabet durch, und ich sage ‹Stopp›. Und mit dem Buchstaben fangen wir an. Das wird toll.» Carla seufzte tief, Nick sagte «A», ich stoppte ihn bei «K». Dann sagte ich: «Also gut, Leute, eine Stadt mit ‹K›.» Und Carla antwortete wie aus der Pistole geschossen: «Karstadt.»

So macht das natürlich keinen Spaß. Aber Autorität hilft auch nicht dagegen, zumal ich keine besitze. Ich würde mich zwar als einigermaßen guten Vater bezeichnen, aber nicht gerade als pädagogische Koryphäe. Sobald es ernst wird, fange ich hilf- und maßlos an zu drohen. Meine Drohungen sind berüchtigt. Ich habe bereits Taschengeld bis ins Jahr 2098 entzogen und für mehrere tausend Jahre Computerzeit gestrichen, ohne damit eine Wirkung zu erzielen.

Aber neulich habe ich eine Methode entdeckt, wie ich jede Frechheit meiner Pubertiere bändige. Die Methode besteht in einer sensationellen Drohung, quasi der Mutter aller Drohungen. Sobald meine Tochter irgendetwas macht, was mir nicht passt, sage ich: «Wenn du nicht sofort tust, was ich sage, komme ich das nächste Mal, wenn du Besuch hast, ohne zu klopfen, in dein Zimmer und sage:

‹Yo! Papa Checker is in the house.›» Und davor hat sie so eine panische Angst, dass sie seitdem alles macht, was ich will.

IN DER HÜHNERBRÜHE

Berufsbedingt bin ich viel unterwegs. Meistens komme ich samstags zurück und stelle mir auf der Heimfahrt vor, wie meine Kinder schon hinter der Haustür mit den Füßchen scharren und darauf warten, dass ich endlich wieder da bin, damit wir etwas Schönes unternehmen können. Und das machen sie auch. Also Carla nicht. Aber Nick. Der möchte gerne was mit mir machen. Noch. Wobei wir doch recht unterschiedliche Vorstellungen von einem gelungenen Samstagnachmittag haben.

Mir macht zum Beispiel nichts weniger Spaß als Spaßbäder. Ich mag den Geruch nicht, ich mag die Umzugskabinen nicht, ich mag das Wasser nicht. Und ich kann nicht schwimmen. Damit stehe ich allerdings zu Hause ziemlich isoliert da. Für unseren Sohn gibt es überhaupt nichts Großartigeres, als mit anderen Wahnsinnigen über Plastikrutschen in von Millionen Körperzellen verseuchtes Wurstwasser zu plumpsen. Ich habe mich immer davor

gedrückt, mit ihm in solch eine Einrichtung zu fahren. Als er einmal vor Jahren zum Kindergeburtstag in so einem Ding eingeladen war, ließ ich ihn am Parkplatz aussteigen und die restlichen fünfzig Meter bis zum Eingang alleine zurücklegen, weil ich es einfach nicht schaffte, näher heranzufahren. Was Kryptonit für Superman ist, sind Hallenbäder für mich.

Vor ein paar Wochen bin ich dann aber doch zum ersten Mal in einem Spaßbad gewesen. Nick hat mich dazu gezwungen. Er stand vor mir und sagte, er wolle etwas mit mir unternehmen. Er schlug einen Samstags-Vater-Sohn-Ausflug ins größte Erlebnisbad Bayerns vor. Als ich sagte, dass ich mir eher in den Fuß schießen würde, behauptete er, alle anderen Väter würden das Wochenende gerne mit ihren Söhnen verbringen. Dann stellte er mir ein Ultimatum: Entweder ginge ich mit ihm ins Spaßbad, oder er würde sich später zu Kampfeinsätzen bei der Bundeswehr verpflichten, weil seine Kindheit zu langweilig war. Da gab ich nach.

Ich bereute meine Prinzipienuntreue bereits beim Umziehen und Duschen. Um uns herum riesige Familien, die offenbar ihre Wochenhygiene abhielten, was ich insofern bemerkenswert finde, als der Eintritt in diesem hässlichen Planschladen ungefähr dem für die Münchner Oper entspricht, wobei die Akustik in Letzterer eindeutig besser ist. Schließlich ging es hinein in die fungizide Fliesenwelt. Der Chlorgestank in einem Hallenbad ist übrigens keineswegs ein Indiz für besondere Sauberkeit des Wassers, im Gegenteil: Der Geruch entsteht hauptsächlich durch die Verbindung von Chlor und Ammoniak. Das bedeutet: Je intensiver ein öffentliches Schwimmbad nach Chlor müffelt, desto mehr Menschen haben ins Wasser geschifft. Da bekommt der Begriff Spaßbad doch eine vollkommen neue Bedeutung. Meine Sorge bezüglich des Chlorduftes erwies sich dann aber als unbegründet, denn dieser wurde in allen wesentlichen Bereichen der Anlage von einem atemberaubenden Frittenfettgestank überlagert. Ich vereinbarte mit Nick, dass ich seinen Kapriolen beiwohnen und jeden einzelnen seiner Sprünge mit Applaus belohnen, aber keinesfalls ins Wasser gehen würde. Ich wollte nicht ein einziges Tümpel-Molekül berühren. Immerhin war ich da, das musste reichen, um ihn von einem möglichen Kriegseinsatz abzuhalten.

Ich setzte mich auf eine Liege einige Meter vom

Beckenrand entfernt und sah ihm und den anderen Irren zu. Einige Erwachsene hockten bis zur Brust in einer Art Nichtschwimmerbecken mit einer Bar. Sie hielten Weißbiergläser in der Hand und aßen Brezeln, die ins Wasser krümelten. In einer anderen Großwanne hatten zehn Teenie-Mädchen Platz genommen. Ich dachte sofort an den Begriff «Hühnerbrühe». Und gerade als ich mich zurücklehnte und die Arme hinter dem Kopf verschränkte, wurde meine Liege von sechs Jugendlichen angehoben. Sie trugen mich ans Becken und kippten mich wie ein Gemüsebouquet zu den Hühnern. Ich wurde nicht einfach nass, ich schluckte das schreckliche Wasser auch noch.

Nachdem ich aufgetaucht war und mich in ausreichender Lautstärke empört hatte, entschuldigten sich die Jungen. Sie hatten mich mit ihrem Mathematiklehrer verwechselt, was ich auf Anhieb eine Unverschämtheit fand, auch wegen der Mathematik.

Dann kam Nick auf mich zugeschwommen. Er lachte und umarmte mich und rief, dass ich ja doch noch zu ihm ins Wasser gekommen sei. Er freute sich so sehr, dass ich mich nicht traute, ihm die Wahrheit zu sagen.

Ich blieb dann noch eine Stunde im Wasser. Abends hatte ich ein Herpesbläschen an der Oberlippe. Aber mein Sohn war glücklich.

HART WIE BUTTER

Niemand kann das Leid ermessen, niemand macht sich eine Vorstellung davon, wie schlecht es meinem Pubertier geht. Keiner macht sich Gedanken darüber, dass Carlas Leben in diesem Moment nicht mühsamer, nicht anstrengender und nicht ungerechter sein könnte. Ja, es ist wirklich wahr: Etwas Schlimmeres ist nicht denkbar. Soeben manifestieren sich bei unserer Tochter Weltekel und Überforderung, es kristallisiert sich heraus, dass das Universum eine Arschgeige ist und dass es niemand auf dem Planeten schwerer hat als Carla. Man kann es kaum in Worte fassen, so unerhört ist, was ihr zustößt. Es ist so grotesk und gemein und knallhart, es ist unerträglich, und es geht auf keine Kuhhaut. Niemand hat es verhindert, und nun steht sie ganz alleine vor diesem absolut unlösbaren Problem. Und weil es so furchtbar ist, muss sie jammern und klagen und einen Schuldigen suchen. Der Schuldige bin natürlich ich. Jedenfalls ist sie kaum zu beruhigen, so grauenhaft türmt sich die von mir verschuldete Misere vor ihr auf. Und jetzt fragen Sie sich, was hier eigentlich los ist, oder? Ganz einfach: Die Butter ist hart.

Ja. Die Butter. Vom ruchlosen Vater nach dem Einkaufen einfach in den Kühlschrank gestellt. Das ist wirklich grässlich und bedeutet, dass Carla die Butter nun sehr fein abhobeln muss. Denn wenn die Stücke zu groß sind, lassen sie sich nicht auf dem Brot verstreichen. Es könnte sogar sein, dass ein Butterbrocken am Brot kleben bleibt und ein Loch hineinreißt. Und das wäre rein stullentechnisch der Super-GAU. Das muss verhindert werden und führt nun zu einem Manöver, gegen welches sich eine Herzoperation wie eine Baggerfahrt in der Kiesgrube ausnimmt. Wobei es schon zwei Minuten gedauert hat, bis die Brotscheibe überhaupt abgeschnitten war. Carla hat dabei ausdauernd über das Messer geschimpft. Und über das Brot. Es handelt sich um anthroposophisches Körnerbrot, das ein Vermögen kostet und sehr gut schmeckt. Man könne es nicht schneiden, hat sie gemault. Und dass ihre Brotscheiben immer zu dick würden. Oder zu dünn. Oder jedenfalls krumm. Woran niemand anders Schuld trage als ich, weil ich nicht wie jeder vernünftige Vater geschnittenes Brot kaufe.

In einem ausgesprochen mühsamen und von ausdauernder Nörgelei begleiteten Akt schafft es Carla irgendwie, einen dünnen Film Butter auf die Brotscheibe zu bringen. Sie legt das Messer hin, atmet tief durch und langt nach oben zum Bord, auf dem das Nutella-Glas steht. Sie schraubt es auf, um mit dem Messer hineinzufahren, doch nach einem Blick ins Glas verfinstert sich ihr Antlitz, und sie sieht aus wie Lord Voldemort kurz vor der Explosion. Das Glas: ist leer. Carla hält es mir schweigend entgegen. Kein Anblick auf der Welt kann es mit diesem Ausdruck tiefster Verlorenheit aufnehmen. Sie fragt mich, ob ich in den Keller gehen und ein neues Glas holen könne. Ich schüttele langsam den Kopf. Darauf speit sie mir entgegen: «Das macht dir auch noch Spaß, was?»

Sie knallt das Glas auf die Anrichte und geht dann in den Keller, um ein neues zu holen. Zehn Minuten später ist sie auch schon wieder da. Sie würdigt mich keines Blickes und schmiert, erschöpft von dieser unendlichen Last, ihr Brot. Fassen wir die Stationen dieses Leidenswegs noch einmal zusammen: Carla hat sich unter unsagbaren

Qualen von ihrem Bett erhoben und sich in die Küche geschleppt. Dort hat sie mit dem Brotmesser ein Massaker am Rudolf-Steiner-Brot verübt. Sie hat die knallharte Butter bezwungen, das Glas aufgeschraubt und die Enttäuschung über dessen deprimierende Leere überwunden. Sie ist den langen, langen und bitteren Weg in den Keller hinabgestiegen, um von dort ein volles Glas nach oben zu tragen. Und schließlich musste sie noch eine Schranktür öffnen, um einen Teller herauszuholen.

Da kann ich ihr nicht noch mit spießigen Kleinigkeiten kommen. Und deshalb sage ich nichts, als sie mit ihrem Teller an mir vorbeischlurft. Von ihr jetzt, in dieser vollkommen erbarmungswürdigen Situation, zu verlangen, dass sie hinter sich aufräumt, das wäre herz- und gnadenlos. Fürs Aufräumen fehlt ihr nach dieser Strapaze wirklich die Kraft. Ihr Leben ist, das muss mal gesagt werden: hart wie Butter.

CARLAS ARME OPFER

Es kommt nicht oft vor, dass man von einem Pubertier um Hilfe gebeten wird. Technisch ist das sowieso vorbei. Ich kann keiner Sechzehnjährigen mehr etwas am Computer beibringen. Ich wäre noch leicht dazu in der Lage, einem liegengebliebenen Pubertier beim Flicken seines platten Vorderreifens zu helfen. Ich weiß noch genau, wie das geht. Aber die Menschen um meine Tochter herum haben kein Flickzeug mehr dabei, nicht mal eine Luftpumpe. Entweder sie haben nie eine Panne. Oder sie erzwingen sofort die Anschaffung eines neuen Fahrrads. Jedenfalls bin ich als Problemlöser nicht mehr sehr gefragt.

Deshalb wunderte ich mich vor einiger Zeit über Moritz' Anruf. Da ich gut abgerichtet bin, sagte ich roboterhaft in den Hörer: «Ja, einen Moment bitte, die gnädige Frau weilt in ihren Gemächern», um das Telefon in das Zimmer unserer Tochter zu apportieren, so wie ein willfähriger Hund einen

Gummiknochen sabbernd bei seinem Herrchen abliefert. Gut, ich sabbere dabei nicht. Aber Moritz wollte gar nicht mit ihr sprechen. Sondern mit mir.

Er klagte, dass er nicht wisse, woran er bei Carla sei. Sie sei so abweisend, so kühl, irgendwie anders, und das schon seit einiger Zeit. Ob mir das auch aufgefallen sei. Ich antwortete, dass ich diese Erfahrung schon seit Jahren mache, man könne aber mit kleinen Geschenken gegensteuern. Das habe er bereits versucht, sagte Moritz. Aber irgendwie sei der Wurm drin. Ob ich mitbekommen hätte, dass ein anderer Junge bei ihr am Start sei. Ich verneinte wahrheitsgemäß und nahm mir vor, jeden Galan, der zukünftig ihr Zimmer betreten würde, sofort mit dämlichen Scherzen und übergriffiger Kumpelei unter Feuer zu nehmen. Ich mag Moritz lieber, ganz egal, wer da kommt. Er fragte, was er denn jetzt unternehmen solle.

Ich riet ihm, so zu tun, als sei gar nichts. Er solle einfach besonders lustig, kein bisschen bedrückt und so sein, wie er war, als sie sich verliebt haben. Während wir sprachen, kam Carla die Treppe hinunter. Ich sagte laut: «Nein, Mama, ich weiß nicht, ob Matthew noch mal nach Downton Abbey zurückkehrt, denn er ist ja bei einem Autounfall gestorben, und Downton ist nicht Dallas.» Dann legte ich auf. Moritz hat sich wahrscheinlich sehr gewundert, aber wir sind nicht aufgeflogen.

Carla setzte sich an den Küchentisch und blies Trübsal. Ich fragte, was los sei, und sie gestand, dass es mit ihren Gefühlen gegenüber Moritz irgendwie ein Problem gebe. «Dazu der Herbst. Die Zeitumstellung. Mir ist überhaupt nicht mehr sommerlich. Und mit Moritz ist es auch nicht mehr sommerlich. Stehsmein?»

Stehsmein. Carla sagt das oft, und ich habe Monate gebraucht, bis ich kapiert habe, was «Stehsmein» bedeuten soll, nämlich: Verstehst du, was ich meine? Schon ulkig, wenn man ausgerechnet das nicht verstehen kann. Sie rührte in ihrem Müsli herum und fragte, was sie jetzt machen solle. Ich setzte mich ihr gegenüber und sagte: «Wenn du Schluss machen willst, dann mit Gefühl. Und persönlich. Nicht per WhatsApp oder SMS, auch nicht am Telefon oder über Facebook. Das ist eine Frage des Anstands. Stehsmein?»

Ich erinnere mich noch gut daran, dass sämtliche Beziehungen, die ich zwischen meinem sechzehnten und zwanzigsten Lebensjahr geführt habe, von den Mädchen beendet wurden und dass jedes

Mal dieser Albtraumsatz fiel. Das Mädchen legte eine Hand auf mein Knie, sah mich lächelnd an und sagte: «Wir können doch einfach so Freunde bleiben.» Und das, liebe junge Damen, ist wirklich das Allerletzte, was ein Junge in so einem Moment hören will. Ich bat Carla, auf diesen schrecklichen Satz zu verzichten, und sie nickte.

Noch am selben Abend vollzog sich die Trennung in einer Art Kündigungsgespräch in Carlas Zimmer. Das ganze Haus vibrierte von der negativen, von der tieftraurigen Energie des Verlassens und Verlassenwerdens. Es war furchtbar. Ich saß im Wohnzimmer und fühlte mit Moritz. Schließlich kam er die Treppe hinunter, ich hörte, wie er den Reißverschluss seiner Jacke zuzog. Da hielt ich es nicht mehr aus. Ich lief zu ihm, als er an der Tür war, und fragte, wie es gelaufen sei. Er sagte: «Schlechter als schlecht. Sie hat noch nicht einmal gesagt, dass wir Freunde bleiben können.» Damit verließ er unser Haus, und ich fühlte mich wie der letzte Idiot.

Die nächste Zeit war furchtbar. Ich konnte gar nicht verstehen, was an Moritz eigentlich so verkehrt gewesen war. Gut, ja, er hat noch keinen Führerschein, und er mag Fußball, aber das hat mich beides nie gestört. Carla schon. Mädchen sind so was von wählerisch.

Sie können nun mit einigem Recht sagen, dass mich das Liebesleben meines Pubertiers nichts angeht. Und das stimmt ja auch prinzipiell. Die Kinder müssen ihre Erfahrungen machen, und diese sind nicht immer schön, das gehört dazu. Im Glück schnurren die Jahre zusammen, und nichts bleibt haften. Aber Kummer bleibt auch in der Erinnerung für immer riesengroß. Von einem ordentlichen Liebeskummer hat man sein ganzes Leben lang was. Wobei sich Carlas Kummer in Grenzen hielt, was ich gemein fand, denn Moritz und ich, wir beide vergingen in Selbstmitleid. Er war nämlich nicht nur ihr Freund, sondern auch meiner. Und als es mit ihnen aus war, war es auch zwischen Moritz und mir vorbei.

Wahrscheinlich war Carla nur eifersüchtig. Okay. Ich habe Fehler gemacht. Ich hätte ihm nicht nach einer Viertelstunde das «Du» anbieten sollen. Und ja, vielleicht hätte ich Carla nicht immer fragen sollen, ob Moritz mitdarf, wenn wir ins Restaurant fuhren. Moritz und ich sahen uns auch gemeinsam Fußball im Fernsehen an, wir diskutierten über Autos und den Po von Kim Kardashian.

Und einmal blieb er lieber den ganzen Abend bei mir und ging gar nicht erst zu Carla nach oben. Als sie runterkam, um zu gucken, wo er blieb, war er gerade wieder gegangen. Das hat sie genervt. Verstehe ich ja. Aber ich fand es kleinlich, dass sie uns unsere Facebook-Gruppe verboten hat. Und das, wo sie doch nur zwei Mitglieder hatte, nämlich Moritz und mich. Womöglich lag es am Namen unserer Gruppe: «Carlas arme Opfer».

Am Ende könnte es sein, dass sie meinetwegen mit Moritz Schluss gemacht hat. Aber damit konnte ich mich nicht abfinden. Ich versuchte deshalb wochenlang, das Traumpaar wieder zusammenzubringen. Übrigens mit Moritz' Billigung. Ich ließ zum Beispiel beim Essen fallen, dass ich ihn immer dämlich und seinen Klamottengeschmack indiskutabel gefunden hätte. Aber sie verteidigte ihn nicht wie erwünscht, sondern stimmte auch noch zu. Mist. Bei anderer Gelegenheit erwähnte ich ganz beiläufig, dass ich ihn mit einer sehr hübschen Brünetten an der S-Bahn gesehen habe, doch sie reagierte nur mäßig eifersüchtig, indem sie sagte: «Pff, soll er doch, mir total wurscht.» Schließlich griff ich zu einer Kriegslist, die man zwar abgefeimt finden kann, von der ich jedoch hoffte, dass sie verfing. Und es sieht ganz gut damit aus. Ich traf mich jedenfalls konspirativ mit Moritz, und er übergab mir seinen Schal, den ich heimlich in Carlas Kleiderschrank legte wie eine Speckschwarte vors Mauseloch.

Am nächsten Morgen kam sie die Treppe runter und trug ihn um den Hals. Sie hatte sozusagen angebissen. Ich fragte, ob der Schal neu sei, und sie antwortete, den habe Moritz wohl irgendwann bei ihr vergessen und sie trage ihn nur, um ihn Moritz in der Schule zurückzugeben. Bevor sie zum Bus aufbrach, sah ich sie vor dem Spiegel stehen. Sie schnupperte versonnen an dem Schal. Als sie nach Hause kam, hatte sie das Ding immer noch um. «Ich darf ihn noch ein Weilchen haben. Er kommt Montagabend und holt ihn sich ab», sagte sie und lächelte. Es gab also eine Verabredung. Es glomm noch ein winziger Funke. Den durfte ich auf keinen Fall durch väterliche Ungeschicktheit austrampeln.

Ich überlegte, am Montag einfach nicht da zu sein, um nicht störend aufzufallen. Da zog unser Sohn plötzlich von hinten an meinem Pullover. Ich drehte mich um, und Nick fragte leise: «Was ist es dir wert, dass ich Carla nicht erzähle, wie ich dich mit Moritz' Schal an ihrem Schrank gesehen habe?» Na so was! Mein Sohn ein Erpresser. Aber gut. Ich gehe am Montag mit ihm ins Kino und sehe mir freiwillig den 1298. Superheldenfilm an. In 3D. Nick bekommt Popcorn, Eis und Cheeseburger. Hauptsache, er hält die Klappe und verrät Moritz und mich nicht. Das wäre eine Katastrophe.

IM PUBERTIERLABOR:
DAS WESEN DES ÄRGERNS

Heute Erkenntnisse zum Thema «Wie man ein Pubertier ärgert». Ein sechzehnjähriges Pubertier ärgert sich im Grunde über alles und ganz besonders über seine Eltern. Diese ärgern sich umgekehrt über das Pubertier. Genau genommen ärgern sich also immer irgendwie alle. Der Versuchsleiter hat in diesem Zusammenhang bei sich selbst zuletzt einen gewissen Vatertrotz bemerkt. Dieses Phänomen tritt auf, wenn vom Vater ein großer Gefallen erwartet wird, obwohl sich das Pubertier wenige Minuten zuvor benommen hat wie der tasmanische Teufel. Der Vatertrotz wird vom Pubertier in der Regel als «kindisch» und «typisch» bewertet, was wiederum den Vater ärgert.

Eines Samstags zum Beispiel wird das Pubertier gebeten, das Wohnzimmer zu staubsaugen. Es teilt umgehend mit, dass es sich nicht um *sein* Wohnzimmer handele und man es gefälligst selber saugen möge. Der Versuchsleiter erläutert eine

Viertelstunde das Wesen der Hausgemeinschaft im Allgemeinen und der Verantwortung des Einzelnen im Besonderen. Dann saugt das Pubertier unter Gefluche und zudem ausgesprochen nachlässig. Anschließend fragt das immer noch wütende Pubertier, ob der Versuchsleiter als Gegenleistung Wodka und Red Bull vom Einkaufen mitbringen könne, für Justins Abschiedsparty, die am selben Abend stattfinden soll. Justin wird für einige Zeit das Land verlassen. Lehrer, Eltern und Nachbarn haben für den Tag nach seiner Abreise eine eigene Party vereinbart.

Der Versuchsleiter verweigert die Anschaffung von Energydrinks und Russensprit und muss sich dafür anhören, dass er «kindisch» und «typisch» und zudem «ein alter Spießer» sei. Darüber ärgert er sich so sehr, dass er beschließt, das Pubertier abends im Kreise seiner Artgenossen zurückzuärgern. Besonders interessant wird dabei sein zu sehen, wie es in Gesellschaft darauf reagiert. Er fährt also später das Pubertier zu Justins Adresse und überhört die Anordnung, hundert Meter entfernt zu parken. Stattdessen hält er direkt vor dem Haus, vor welchem bereits männliche Pubertiere mit interessanten Frisuren versammelt sind. Er

kennt einige, weil sie schon mal in der Versuchsanordnung – also im Zimmer des Pubertiers – waren.

Der Versuchsleiter öffnet die hintere Wagentür, worauf das Pubertier ihm zuzischt, er könne sich jetzt verdünnisieren. Da ruft der Versuchsleiter, so eine Feier mit elektrifizierter Musik sei sicher herrlich und er wolle mal sehen, ob es dort Alkohol gebe. Die Drohungen seiner Tochter beantwortet er mit einer Gegendrohung. «Wenn ich nicht gucken darf, gehe ich erst recht rein und schreie ganz laut durch den Garten: ‹Mensch, das ist ja eine fetzige Sause hier.›» Derart eingeschüchtert lässt das Pubertier den Versuchsleiter gewähren, und dieser begrüßt sämtliche ihm bekannten Pubertiere mit Handschlag und stellt Fragen nach etwaigen Berufswünschen. Das Pubertier versteckt sich so lange hinter dem Grill.

Dann sucht der Versuchsleiter Justins Eltern auf, die sich auf Geheiß ihres Sohnes den ganzen Abend in ihrem Schlafzimmer aufhalten müssen und nicht rausdürfen. Als er nach einer halben Stunde wieder in den Garten kommt, sieht er sein Pubertier mit einer Zigarette in der Hand und nutzt dies zu einem ausführlichen Vortrag über den Zusammenhang von Nikotingenuss und zwergenhaftem Wachstum. Anschließend erzählt er den umstehenden Pubertieren die besten Saufgeschichten aus seiner Jugend. Das Pubertier fordert ihn nun ultimativ dazu auf, die Party zu verlassen, was er geschickt um mindestens zehn Minuten hinauszögert. Schließlich geht er, weil sich in seiner Gegenwart die Feier nicht recht entwickeln will.

Im Auto bemerkt er, dass das Pubertier seinen iPod auf dem Rücksitz liegen gelassen hat. Also geht er zurück, um ihn ihm zu bringen. Das Pubertier reagiert darauf unwirsch und kündigt an, am nächsten Tag für immer das Labor zu verlassen, wenn der Versuchsleiter nicht endlich abhaue. Dieser zieht ab, denn das Pubertier ärgert sich nun tatsächlich sehr.

Doch für den größten Verdruss sorgt keineswegs der Versuchsleiter, sondern Emma, die beste Freundin des Pubertiers. Als der Versuchsleiter das Grundstück verlässt, hört er Emma nämlich deutlich sagen: «Also, ich weiß gar nicht, was du hast, ich finde deinen Vater echt lustig.» Die Verwünschungen seines Pubertiers hört der zufriedene Versuchsleiter noch bis zum Auto. Er setzt sich hinein und macht sich Notizen.

Fazit des Versuchs: Eltern sind für Pubertiere schon ärgerlich, aber kein Vergleich zur besten Freundin.

EIN PILZ AUF REISEN

Das Reisebüro als Planungsort für Familienurlaube und spätere Regressansprüche erlebt gerade eine gewisse Renaissance. Habe ich im Radio gehört, wo ich auf langen Autofahrten häufig sehr interessante Dinge erfahre. Letzte Woche zum Beispiel wurde von einem brasilianischen Pilz berichtet, welcher spukhaft in der Nacht leuchtet. Wissenschaftler haben herausgefunden, warum. Das grüne Licht des schlauen Pilzes lockt nämlich Insekten an, und die umschwirren ihn dann wie das Neonlicht einer Spelunke. Genau das will der Pilz auch, denn so kann er Mücken, Fliegen und Käfer heimlich mit seinen Sporen bestücken, und die Insekten tragen diese dann in die Welt hinaus und kümmern sich auf diese Weise und quasi kostenlos um die Verbreitung des Leuchtpilzes.

Jedenfalls werden Reisen zu leuchtenden Pilzen und anderen touristisch ergiebigen Spektakeln wieder vermehrt im Reisebüro gebucht, denn viele

Verbraucher fühlen sich von Online-Angeboten verschaukelt und haben das Vertrauen ins Internet verloren. Also wackeln sie wieder ins Reisebüro, wo sie Menschen gegenübersitzen, die für sie das Reisen organisieren. Und zwar im Internet. Egal.

Unsere inzwischen siebzehnjährige Tochter weiß überhaupt nicht, was ein Reisebüro ist. Sie plante gestern Abend ihren ersten elternlosen Trip, und zwar an unserem Esstisch und ohne jede fachmännische Begleitung. Die war auch nicht nötig, denn es handelt sich um eine zehntägige und organisatorisch unterkomplexe Fahrt in ein Ferienhaus, welches sie im August gemeinsam mit ihren besten Freunden beziehen will.

Nachdem sich irgendwelche tollkühnen Eltern bereiterklärt hatten, eine Ferienbude für die Kinder anzumieten, traf sich die Truppe bei uns, um die zahlreichen und zum Teil hochgradig planungsintensiven Details ihres Sommermanövers zu besprechen. Bevor ich rausgeschmissen wurde, bekam ich noch die sehr engagiert geführte Diskussion über hauswirtschaftliche Pflichten mit, in der Darian verkündete, er könne leider kein Geschirr spülen, weil er Ekzeme habe, die von Seifenlauge nur noch schlimmer würden. Er sei aber bereit zu bügeln. Emma hielt dies für eine Finte, weil der Bedarf an gebügelter Wäsche in den Ferien geringer einzuschätzen sei als der Wunsch nach sauberen Trinkgläsern. Darian bot daraufhin an, dann eben mehr in die Haushaltskasse einzuzahlen, was Carla nicht passte, weil auf diese Weise mal wieder von vornherein weibliche und männliche Rollenklischees erfüllt seien und sie keine Lust habe, für ihn gegen Bezahlung das Hausmütterchen zu spielen. Als ich mich für ein geringes Entgelt als Butler anbot, wurde ich des Zimmers verwiesen.

Die wesentlichen Entscheidungen der Gruppe bekam ich trotzdem mit, weil die Schriftführerin ihre Aufzeichnungen auf dem Tisch zurückließ, als die Beratungen beendet waren. Ihrem Protokoll gemäß werden die meisten Lebensmittel von zu Hause mitgenommen, weil man deren Einkauf diversen Müttern aufhalsen kann, was die Reisekasse deutlich entlastet. Außerdem kann man auf diese Weise sicherstellen, dass das richtige Bier im Haus ist, was offenbar ein zentrales Anliegen der teilnehmenden Herren darstellt. Annabelle hat eine größere Anzahl von Gesellschaftsspielen zu besorgen, Lukas ist zuständig für Gummitiere und Poolnudeln, was sehr gut zu ihm passt. Ganz unten auf der To-do-Liste steht zudem fett und dramatischerweise doppelt unterstrichen: «FÜHRERSCHEIN!!!»

Ich sprach Carla darauf an, und sie erklärte, dass sie am Ende festgestellt hätten, dass nur einer von ihnen volljährig und im Besitz eines Führerscheins sei, sie jedoch aus Sicherheitsgründen mindestens zwei Fahrer bräuchten sowie ein Auto mit sieben Sitzen. Sie werde sich aber um dieses kleine Problem kümmern.

Ich wusste sofort, dass diese Fahrt stattfinden würde, denn sie lächelte, wie ich mir das Lächeln eines brasilianischen Urwaldpilzes vorstelle. Wenn man einen netten und gutaussehenden Führerscheininhaber benötigt, muss man sich bloß gut leuchtend in das Nachtleben einer Großstadt begeben. Man funkelt dort eine Weile intensiv vor sich hin, und dann kommen achtzehnjährige Führerscheinbesitzer in großer Zahl angeschwirrt. Mit etwas Glück ist einer darunter, der mit seinem besten Freund die ganze Bande im Multivan seiner Mutter nach Italien gondelt. Es ist: ein Wunder der Natur.

ESSENS-DIPLOMATIE

Wenn ich in den vielen Jahren meiner Tätigkeit als Vater eines gelernt habe, dann ist es die sogenannte Essens-Diplomatie. Wer gerne in Ruhe und mit Genuss das Abendessen einnehmen möchte, muss eine goldene Regel beachten: Niemals, wirklich niemals beim Essen über die Schule reden, weil es den gemeinsamen Vorgang der Lebensmittelaufnahme negativ besetzt. Wenn es dabei ständig nur um Termine für Referate, dramatische Formkrisen in naturwissenschaftlichen Fächern und Ärger wegen ausgelaufenen Orangensafts auf irgendwelchen Turnmatten geht, verdirbt das den jungen Menschen die Lust aufs Essen. Sie entwickeln ein Trauma und schlingen später nur Büchsenmampf vor dem Fernseher in sich hinein. Das will ich nicht.

Ähnlich heikel sind kontroverse Diskussionen über die Freizeitgestaltung der Pubertiere, die ja eigentlich nach eigenem Gusto erfolgen sollte, aber immer wieder Anlass für Kritik bietet. Zu den großen Vorhaltungen, mit denen Nick, Carla und ihre Freunde klarkommen müssen, gehört jene, sie seien zu wenig an der frischen Luft. In diesem Zusammenhang erwähnen wir Eltern immer wieder zweierlei: Erstens hätten wir in ihrem Alter IMMER aufgescheuerte Knie gehabt und zweitens regelmäßig Baumhäuser gebaut. Der Wundschorf ist sozusagen das Große Verdienstkreuz der Jugendgenerationen zwischen 1955 und 1985. Manchmal kommt noch der berühmte Bolzplatz («Drei Ecken, ein Elfer») hinzu oder die Tatsache, dass man nur drei Fernsehprogramme hatte. Alles soll suggerieren, dass Jugend früher viel mehr wert gewesen sei als heute.

Das ist natürlich Unsinn. Erstens wurde nämlich das berühmte Baumhaus bereits in meiner Kindheit ähnlich mythenbehaftet angepriesen wie die Cheops-Pyramide. In Wahrheit baute damals kein Mensch Baumhäuser. Unser Versuch scheiterte 1978 am Einspruch eines niederrheinischen Forstbeamten, der uns Kindern erklärte, er würde uns für jeden Nagel, den wir in eine seiner Buchen schlagen wollten, einen kräftigen Arschtritt verpassen.

Und zweitens wird die Geschichte vom Baumhaus immer dafür benutzt, die besondere und bei nachfolgenden Generationen leider völlig verlorengegangene Verbundenheit mit der Natur zu belegen. Damit kann es bei den Älteren aber in Wahrheit nicht so weit her sein, wie die immer behaupten. Es mag zwar eine unumstößliche Tatsache sein, dass frühere Generationen mehr Zeit in der Natur verbracht haben. Es ist aber auch eine mindestens ebenso unumstößliche Tatsache, dass zum Beispiel der Rhein nie dreckiger war als in meiner Kindheit. Es hieß immer, es sei lebensgefährlich, auch nur einen Fuß hineinzusetzen. Wer das wagte, riskierte, ein von allerlei Industrieflüssigkeiten zernagtes und möglicherweise hellgrün leuchtendes Gebein aus dem Fluss zu ziehen. Die unfassbaren Umweltsünden in den sechziger und siebziger Jahren gingen also komplett auf das Konto genau derjenigen, die in ihrer Kindheit so wahnsinnig viel draußen in der unberührten Natur unterwegs waren. Das muss man mal festhalten.

Wenn ich mir die gegenwärtig Jugendlichen ansehe, die angeblich nur vor dem Rechner hocken, dann darf ich zumindest feststellen, dass diese in puncto Nachhaltigkeit und ressourcenschonenden

Verhaltens mit gutem Beispiel vorangehen: Da sie sich weitgehend in Innenräumen aufhalten, zertrampeln sie keine Schösslinge und brechen keinen einzigen Zweig. Und davon abgesehen haben sie seit frühester Kindheit gelernt, dass man keine Gifte in Flüsse einleitet. Sie kämen nicht im Traum auf die Idee, ihre Umwelt zu zerstören. Auch wenn sie nicht unbedingt in Funktionskleidung darin herummarschieren möchten. Das mag zu Irritationen führen, aber damit muss man leben. Die Welt ist voller Missverständnisse. Bis vor kurzem hat unsere Carla auch noch geglaubt, Praktikant sei ein Beruf.

Ich versuche also, beim Essen alles zu vermeiden, was dazu führen könnte, dass eins meiner Kinder die Serviette auf den Tisch knallt, die Treppe hochstampft und – bums – in seinem Zimmer verschwindet, um dort wütende Pamphlete in sozialen Netzwerken zu verbreiten. Dafür habe ich auch Verständnis. Mir würde es umgekehrt auch nicht gefallen, wenn bei jedem Abendessen über meine mangelhafte Arbeitseinstellung geredet würde. «Naaa, Kolumne schon fertig?», würde mein Sohn dann spitz fragen, und ich müsste zugeben, dass ich noch gar nicht angefangen hätte.

Ich suche also nach möglichst unverfänglichen Themen, damit meine Pubertiere irgendwas sagen und niemand wie am Po angezündet aufspringen muss. Manchmal gelingt das. Gestern fragte ich in die Runde, was für ein Auto sich unsere Kinder kaufen würden, wenn sie könnten. Sie blickten mich verstört an. Dann sagte Carla: «Das ist aber ein hochbrisantes Thema.» Und ging nicht weiter darauf ein.

Ich schloss daraus, dass sich meine Kinder nicht die Bohne für Autos interessieren. Das finde ich traurig. Für mich konnte es früher überhaupt nichts Wichtigeres geben als die Frage, was da gerade an mir vorbeifuhr. Der Lancia Stratos. Der Mercedes 350 SL. Der Porsche 911. Ich konnte sämtliche Daten dieser Autos auswendig, das Sportwagen-Quartett war meine Bibel. Andere wussten, was Paulus in seinem ersten Brief an die Korinther geschrieben hatte, ich konnte herunterbeten, dass der Oldsmobile Cutless einen Hubraum von 5,7 Litern besaß. Natürlich bringt einen das nicht wirklich weiter im Leben. Was hat man davon, wenn man weiß, dass der Iso Grifo R8 neunzehn Liter verbleites Benzin auf hundert Kilometern verbraucht, wenn gerade die Kenntnis eines haltbaren Knotens für den Transport eines Klaviers durchs Wohnzimmer gefragt ist?

Andererseits verbinde ich das Thema Mobilität auch immer mit Romantik. Tiefe Gefühle hege ich bis heute für mein erstes Auto. Es handelte sich dabei um einen roten Alfasud, Baujahr 1978. Nach heutigem Ermessen war diese Kiste eine reine Todesfalle. Der Alfasud wurde in Süditalien gebaut, und zwar unter Verwendung von sowjetischem Stahl, welcher bereits bei der Anlieferung in Neapel rostete, weil er viel recyceltes Buntmetall enthielt. Eine Nachbarin schenkte mir ihr Exemplar, weil sie sich ein neues Auto zulegte. Der Alfasud hatte noch drei Monate TÜV, den ich um sechs Monate überzog. Ich fuhr überall mit ihm hin und vermied den Blick in den Motorraum, wie man es vermeidet, Beipackzettel von Medikamenten zu lesen.

Was sich nämlich unter der Motorhaube verbarg und was ich meinen Eltern nie zeigte, war eine geradezu lebensgefährliche Konstruktion. Die Wahnsinnigen von Alfa Romeo hatten die Hohlräume des Billigstahls mit einem gelblichen Bauschaum befüllt, welcher Feuchtigkeit aufsaugte und das ganze Auto von innen heraus rosten ließ.

Der Motorblock ruhte in einem geschweißten Verhau, der – an drei Ecken durchgerostet – bloß noch von dieser sinistren Schaumfüllung gehalten wurde. Fuhr man über Gleise, öffnete sich der Kofferraumdeckel, weil dessen Schloss dem Rostfraß bereits zum Opfer gefallen war. Und eines Tages plumpste tatsächlich die Antenne durch ein kreisrundes Rostloch in den Motorraum hinein. Ich zog sie wieder raus und klemmte sie im Beifahrerfenster fest. Ich liebte dieses Auto.

Heute bewegen sich junge Menschen entschieden sicherer auf der Straße, aber womöglich sind die Fahrten nicht mehr so aufregend wie früher.

Eine Antwort auf meine Frage habe ich dann übrigens doch noch bekommen. Nick möchte einen Pick-up haben, weil er damit seine diversen Sportgeräte auf der Ladefläche transportieren kann sowie seinen Vater. Ich könne dann dort meine Vorträge halten, da würden sie niemanden stören. Und Carla ist der Wagen egal, Hauptsache, man kann dort einen Player anschließen, freisprechen und Nachrichten checken. Eigentlich will sie ein Smartphone mit Rädern.

Die haben einfach kein Gefühl mehr für das Auto als Sehnsuchtsort. Aber man darf die Kinder nicht schimpfen. Sie sind nun einmal moderne, volldigitalisierte Menschen mit einem anderen Verständnis von Romantik. Nach dem Essen schleifte Nick mich ganz stolz am Ärmel zu Saras Rechner. Er wolle mir unbedingt zeigen, was er Großartiges bei Minecraft angestellt habe. Minecraft ist ein Online-Spiel, in dem man aus grob gepixelten Baustoffen eine Welt basteln und darin Abenteuer erleben kann. Es ist wie Lego, nur nicht so schön. Er trifft sich in seiner Minecraft-Welt mit Freunden. Sie tragen dabei Kopfhörer mit Mikrophonen und quatschen über alles Mögliche. Eigentlich ideale Voraussetzungen für eine Karriere in einem Callcenter. Jedenfalls verbringt er eine Stunde pro Tag bei Minecraft. Nun wollte er mir unbedingt zeigen, was er dort getrieben hatte. Und ich staunte nicht schlecht. Auf dem Monitor erstrahlte ein ausgesprochen komfortables, digitales: Baumhaus.

BERUFSBERATUNG

Die beruflichen Perspektiven unseres Sohnes Nick muss man als durchwachsen bezeichnen. Seine in früheren Zeiten geschmiedeten Pläne, wie zum Beispiel Kioskbesitzer (wegen der Aussicht, sein Leben unmittelbar neben einer Eistruhe zu verbringen) und Autoscootertype (wegen der ungezählten Freifahrten) wurden zwar von ihm verworfen, weil er herausfand, dass die Betätigungen als solche relativ langweilig sein können. Sehr zu meinem Bedauern wurden sie aber nicht durch krisenfeste Berufswünsche ersetzt, mit denen er seine Eltern eines Tages unterstützen kann. Man denkt ja immer, wenn der Sohn es erst einmal zum Vorstandsvorsitzenden oder Radiologen gebracht hat, ist man selber fein raus, bekommt jedes Jahr eine neue Strickjacke und darf in Sohnemanns Ferienhaus in Südfrankreich fahren und den Gärtner mit Brioche bewerfen.

Aber Nick will keine Karriere in der Industrie

machen. Er ist dreizehn, er möchte jetzt Computerspieletester werden. Ich erklärte ihm, dass dies ein ausgesprochen brotloser Job sei und meistens von bleichen Geringverdienern als Nebentätigkeit ausgeübt werde, aber das war ihm egal. Meinen Vorschlag, lieber Spiele zu entwickeln, lehnte er ab, weil er kein Nerd sei und man dafür erst diese Programmiersprachen erlernen müsse, was ihn sehr langweile. Spielen sei besser. Wenigstens scheint er nicht unter Druck zu stehen. Das ist die gute Nachricht. Die schlechte ist, dass ich bis auf weiteres als Finanzier zur Verfügung stehen muss. Vielleicht noch so zwanzig oder dreißig Jahre.

Ich ziehe daher die Möglichkeiten eines Nebenverdienstes in Betracht. Aber was tun? Noch einmal ganz von vorne anfangen mit Lehre oder Studium kommt für mich nicht in Frage. Dauert zu lange. Da ist mein Sohn ja selber schon Rentner, bis ich einen neuen Beruf erlernt habe. Also muss man sich umsehen und einfach etwas machen, wofür keine Ausbildung nötig ist. Ich könnte zum Beispiel Entenretter werden.

Neulich habe ich nämlich gelesen, dass der gemeine Enterich eine ernsthafte Bedrohung für seine weiblichen Teichmitbewohner darstellt. Es wurde vermehrt beobachtet, dass die Erpel bei der Paarung derart rabiat vorgehen, dass die Entendamen mit den Schnäbeln nach vorne ins städtische Gewässer getunkt werden. Wenn der Geschlechtsakt zu lange dauert, ertrinken sie mitunter. So eine Ente kostet die Stadtverwaltung bis zu fünfzig Euro. Es ist also nicht teuer, wenn ich meine Dienste als Retter in der Not für einen Tagessatz von, sagen wir mal, dreihundert Euro anbiete, durch lautes Klatschen den Akt unterbreche und die Erpel verscheuche, wenn ihre Enten zu lange unter Wasser sind. Mein Einsatz spart übrigens auch die ungeheuren Kosten, die sonst durch die Traumabehandlung schockierter Kinder entstehen. Wer einmal gesehen hat, wie eine Ente beim Sex ertrinkt, der kommt sein Leben lang nicht davon los.

Apropos Kinder. Ich würde mich auch als Quengelkind-Zusammenbrüller zur Verfügung stellen. In Supermärkten, Kaufhäusern, Restaurants oder Fernzügen. Dort würde ich patrouillieren und bei Bedarf tobenden und sonst wie verzogenen Blagen einmal so richtig heimleuchten. Die Eltern machen so etwas ja nicht mehr. Die sagen nur leise: «Fynn-Marten, das macht uns unheimlich traurig, dass du die ganzen Chips aus dem Regal reißt.» In dem

Moment tauche ich auf und kreische eine Minute lang herum wie der Ausbilder in «Full Metal Jacket». Kostet meine Auftraggeber einen Tausender im Monat. Oder ich werde Wechseljahrberater. Keine Ahnung, was man da macht, aber mir gefällt das Wort.

Mitten in diese Überlegungen platzte soeben Carla. Das Pubertier berichtete amüsiert, dass sich ihr Kumpel Maxim vor der Schule Gras kaufen wollte und übers Ohr gehauen wurde. Erstens bezahlte er pro Gramm 35 Euro. Und zweitens musste er zu Hause feststellen, dass er für 70 Euro Oregano erworben hatte. Ich erinnere mich daran, dass zu meinen Schulzeiten ein Bursche ebenfalls hervorragende Geschäfte machte, indem er anderen Schülern bröckchenweise schwarzen Afghanen andrehte, der sich beim Ankokeln als Lkw-Reifen erwies. Da wird von der Unkenntnis der Kunden profitiert, und diese nehmen hinterher nicht einmal Drogen. Das ist doch eigentlich sehr gut. Das finde ich wunderbar, und die Eltern sehen das sicher auch so.

Ich werde also Dealer und verkaufe ab Montag meinen Stoff vor der Schule meiner Tochter. Meine Preise: Rosmarin, Liebstöckel und Majoran das

Gramm für nur 25 Euro. Und dann habe ich noch Kräuter der Provence, der absolute Hammer, aber dafür auch etwas teurer: 40 Euro das Gramm. Na, wie wär's?

IM PUBERTIERLABOR:
DER SCHNELLE BRÜTER

Im Zuge der Veränderungen, die der Versuchsleiter und seine Gattin bei ihrem Sohn erleben, sind dramatische Entwicklungen zu verzeichnen, nämlich zum einen ein beängstigendes Wachstum. Nachdem das Versuchsobjekt bereits seine große Schwester überragt, macht er sich nun daran, seiner Mutter über den Kopf zu wuchern. Der Versuchsleiter hat deshalb darüber nachgedacht, die Ernährung seines Sohnes in der Weise umzugestalten, dass dieser ihn nicht auch noch einholt. Es würde dem Versuchsleiter nicht gefallen, kleiner als sein Sohn zu sein. Außerdem kann man eine Menge Geld sparen, wenn der Proband zukünftig nicht mehr täglich vier Teller Nudeln, sondern nur noch einen halben Apfel und frische Luft bekommt.

Gravierender und folgenreicher für die ganze Familie und den Erhalt des häuslichen Friedens erscheint allerdings gerade ein ganz anderes Phänomen, welches stark mit Gerüchen zu tun hat. Das männliche Pubertier ist damit umwölkt wie Peking von seiner Smogglocke, und darin manifestiert sich ein wesentlicher Unterschied zwischen ihm und seinem Schwesterexemplar. Die weibliche Pubertät lässt sich nämlich in der Weise zusammenfassen, dass es darin hauptsächlich um drei Verrichtungen geht: Schimpfen, Feiern und Schlafen. Bei männlichen Vertretern der Spezies hat der Versuchsleiter ebenfalls drei, aber andere Hauptcharakteristika ausgemacht, nämlich: Schweigen, Eitern – und Stinken.

Während das weibliche Pubertier sehr gerne über alles Mögliche und Unmögliche spricht, hält sich sein männliches Pendant weitgehend heraus aus dem Funkverkehr und reift einem Harzer Käse nicht unähnlich still vor sich hin. Dabei verändern sich jetzt seine Haare. Früher musste sich Nick einmal pro Woche den Kopf shampoonieren. Inzwischen bekommt dieser bereits einen Tag nach vollzogener Wäsche einen seidigen Glanz, für den manche mittelalte Frauen schon wieder viel Geld ausgeben würden. Nach drei Tagen ergeht die Bitte an ihn, doch einmal die Haare zu waschen, was seinen Unwillen zur Folge hat. Der Versuchsleiter hat

daraufhin einen neuen Spitznamen für sein männliches Beobachtungsobjekt ersonnen und nennt dieses seit geraumer Zeit nur noch «Butterbirne». Butterbirne reagiert darauf völlig anders als seine Schwester, die bei vergleichbaren liebevollen Schmähungen explodiert. Bei Nick hat man hingegen den Eindruck, dass ihn der provozierende Aspekt seines Kosenamens nicht wirklich erreicht. Jedenfalls reagiert er nicht darauf. Er reagiert ohnehin nicht besonders schnell und manchmal auch gar nicht. Der Bitte des Versuchsleiters, sein Labor zu lüften, kommt er jedenfalls nicht nach, zumal er darauf besteht, es rieche dort nach gar nichts. Das ist aber nicht wahr.

Es riecht dort sehr wohl. Es riecht unglaublich. Nur: Wonach eigentlich? Dies zu definieren ist nicht einfach, an so einer Aufgabe beißen sich selbst Aromaprofis die Zähne aus. Geruch und Geschmack sind sehr komplizierte Gebilde mit Kopfnoten und Basisnoten, lang anhaltenden Eindrücken oder kurzem Trommelfeuer der Synapsen. Ein Sommelier berichtete dem Versuchsleiter, dass er zum Zwecke der Definition von Geschmacksnuancen eine riesige Kommode mit zahlreichen Schubläden zu Hause habe, in denen sich Hunderte von Aromen befänden, mit welchen er Weine zumindest näherungsweise beschreibt. So kommt es, dass er einem Weißwein Ideen von Gurke oder einem Rotwein ledrige oder pfeffrige Noten zuordnen kann. Der Versuchsleiter geht daraufhin in den Zoo, um sich inspirieren zu lassen.

Nachdem Nick am nächsten Tag eine Stunde lang mit zwei befreundeten männlichen Pubertieren vor seinem Computer gesessen hat, schickt der Versuchsleiter das Trio in den Garten. Dann nimmt er die Serviette vom Gesicht und atmet bewusst und tief durch die Nase ein. Er schließt die Augen und lässt die Sinneseindrücke miteinander in Kontakt treten. Da ist eine säuerliche, aber nicht zitronige, sondern eher ranzige Kopfnote mit einem Schimmer von alter Milch und einem stechenden, vergorenen Fruchtaroma. Und dann fällt es ihm ein. Das Zimmer seines Sohnes riecht haargenau: wie das Reptilienhaus im Tierpark Hellabrunn. Das ist interessant, denn die dort lebenden Geschöpfe legen Eier. Der Versuchsleiter ist nun sehr gespannt darauf, was sein Sohn so ausbrütet.

DAS KRISENCALLCENTER

Mein Arbeitsleben ist gekennzeichnet durch einen unfassbaren Druck. Ich habe nämlich täglich nur bis 16 Uhr Zeit, mir etwas einfallen zu lassen. Bis dahin ist es bei uns ruhig, danach geht nichts mehr. Es ist wie in der Geschichte vom Gespensterschiff, welches täglich nach Sonnenuntergang zum Leben erwacht. Dann toben darauf Kämpfe, die Schwerter klirren, und Tote fallen auf Deck. Bei uns toben ebenfalls Kämpfe, die Kinder klirren, und die Schultaschen fallen zu Boden. Carla und Nick trampeln die Treppe rauf und runter, Musik wird aufgedreht, und vor allem: klingeln Telefone.

Nach 16 Uhr ist es nicht mehr für mich. Aber ich muss jedes Gespräch annehmen, weil die Ohren meiner Kinder über Geräuschfilter verfügen, in denen Telefonklingeln ausgeblendet wird. Sie hören das einfach nicht, obwohl in jeder Etage ein Telefon herumliegt. Aber ich höre es. Da es nicht für mich ist, lasse ich es zwar zehn Mal klingeln, aber Jugendliche sind vollkommen schmerzfrei, was die Penetranz ihrer Anrufe angeht. Sie lackieren sich die Nägel, essen Bananen, versenden Kurznachrichten oder sitzen auf dem Klo. Sie langweilen sich jedenfalls nicht, während sie woanders anrufen. Sie sitzen am längeren Hebel.

Nach dem zwölften Klingeln gehe ich dran. Es ist Jonas. Ob Carla da sei. Ob er sie mal sprechen könne. Gerne. Moment. Ich trage das Telefon aus dem Keller nach oben in Carlas Gemächer. Ich überreiche es, nehme dafür ein Telefon, das unter ihrem Kissen liegt, und einen leeren Joghurtbecher mit und verlasse rückwärtsgehend, mich verbeugend den Raum. Eine halbe Stunde später treffe ich Carla in der Küche. Es sei um Emma gegangen. Die habe wieder einmal mit Jonas Schluss gemacht. Er wolle nun nicht, dass die ganze Schule darüber rede. Ich bitte sie, ihre Anrufe künftig selber anzunehmen, aber sie kann gerade nicht mit mir sprechen, weil eine wichtige WhatsApp-Nachricht eintrifft. Mein Kind ist eine Ein-Mann-Kommandozentrale für pubertäre Krisenintervention.

Um 16:52 Uhr klingelt das Telefon. Nach dem dreizehnten Klingeln hebe ich ab. Leonie. Ob sie mit Carla sprechen könne. Ich frage sie, warum sie nicht auf Carlas Handy anrufe. Leonie teilt mit, dass dort dauernd besetzt sei. Ich spare mir den Hinweis, dass das Besetztzeichen bedeutet, dass sie gerade schon mit jemand anderem spricht und nach allem, was ich weiß, nur ein Gehirn besitzt und daher auch nur ein Gespräch führen kann. Dann bringe ich das Telefon in den Salon meiner Tochter. Ich nehme das andere Telefon wieder mit und höre im Hinausgehen noch, wie sie sagt: «Hi, Leonie, ja, große Krise, ich darf nicht darüber sprechen, aber es ist ernst. Und Max sagt gerade am Handy, dass er Emma mit diesem Metzger aus der Berufsschule gesehen hat. Und dabei ist sie doch Veganerin.»

Ich setze mich wieder an den Schreibtisch. Fünfzehn Minuten später klingelt es. Fünfzehn Mal. Einmal muss Schluss sein. Ich gehe dran und sage: «Hallo, hier ist das automatische Callcenter von Carla. Wenn du dich zum Lernen mit ihr verabreden willst, sage jetzt ‹Ja›.» Am anderen Ende Stille. Nur ein leises Atmen ist zu hören. «Wenn du Metzgerlehrling bist und über Emma reden willst, antworte jetzt mit ‹Ja›.» Keine Antwort. «Wenn du Emma heißt und über das Problem mit Jonas sprechen möchtest, sage jetzt ‹Ja›.» Da sagt eine

Mädchenstimme: «Ja.» Ich sage: «Wenn du mit dem Metzger zusammen sein möchtest, der kleine unschuldige Lämmchen schlachtet und in der Mittagspause Rinderpansen kaut, dann antworte mit ‹Eins›. Wenn du lieber mit dem sehr netten Jonas zusammen sein möchtest, antworte mit ‹Zwei›. Wenn du einen leckeren Schweinebraten bestellen möchtest, antworte mit ‹Drei›.» Nach einer kurzen Bedenkzeit antwortet die Mädchenstimme: «Zwei.» Ich puste in den Hörer und sage: «Du hast gewählt: ‹Zwei – ich möchte mit Jonas zusammen sein.› Das ist eine gute Idee. Wir danken für deinen Anruf und geben dir den gebührenfreien Rat, ganz schnell bei Jonas anzurufen. Vielen Dank. Auf Wiederhören.»

Beim Abendessen erzählt Carla, dass die Sache bei Emma und Jonas wieder läuft. Irgendwie habe Emma ein total tolles Beratungsgespräch am Telefon gehabt. Stimmt. Und ich weiß auch, mit wem.

ICH BIN ED STARK

Vor ein paar Tagen haben wir mit dem DVD-Konsum von «Game of Thrones» begonnen. Ich weiß noch nicht, ob es mir gefällt. Für alle Angehörigen der sozialen Randgruppe, die keine Ahnung haben, was «Game of Thrones» ist: Es handelt sich dabei um eine amerikanische TV-Serie, eine Mischung aus einem Königsdrama von Shakespeare, einem Rammstein-Konzert bei Dauerregen und der Lindenstraße. Der enorme Überraschungseffekt der Handlung bestand bisher darin, dass selbst vermeintliche Hauptfiguren recht umstandslos geköpft werden. Das ist bei aller szenischen Ähnlichkeit der große Unterschied zu einer Shakespeare-Tragödie, wo Figuren oft ausführlich monologisierend zehn Minuten lang dahinscheiden.

Was mich auf jeden Fall schon mal begeistert, ist die Sprache bei «Game of Thrones». Sie gefiel mir so gut, dass ich neulich abends ankündigte, den ganzen nächsten Tag genauso zu sprechen wie

Lord Stark. Sara tippte sich an die Stirn. «Ich wette, das hältst du keine zehn Minuten durch», sagte sie. Ich hielt dagegen, und wir wetteten um eine zweistündige Fußmassage. Sie dachte wohl, ich würde die ganze Sache über Nacht ohnehin vergessen, doch am nächsten Morgen weckte ich sie mit den Worten: «Weib! Nachrichten wurden am Tor der Festung abgegeben. Ich werde sie reinbringen, dann wissen wir, welche Mächte uns bedrohen.» Dann stand ich auf und holte die Zeitung.

Wenig später saßen wir beim Frühstück. Nick wollte sich eine Erdbeere ins Müsli schnippeln, da hielt ich ihn am Oberarm fest und rief: «Halte ein, du Narr. Wir sollten uns davor hüten, diese Beeren zu essen: Sind sie vergiftet, könnten sie uns schwach und wehrlos machen, denn ein Norovirus breitet sich aus im Reiche Aldi Süd. So steht es in diesem Papier.» Sara erklärte mir, dass die Erdbeeren nicht von Aldi seien, und so ließ ich es dabei bewenden und strich meinem tapferen Sohn über den Kopf. «Dann iss, mein Junge, und werde mutig und stark», sprach ich. Unsere Tochter verließ fluchtartig den Esstisch.

Sara ging zur Arbeit und bat mich, einzukaufen und die Mangelwäsche abzuholen. Ich rief also nach meiner Leibwache und ritt mit zwanzig Mann gegen den Nachbarort, wo ich die Tür der Wäscherei aufstieß und rief: «Ist es hier, wo ein Mann frische Laken bekommt, auf dass er sie abermals mit Schlachtenblut tränken und dem Schmutz von langen Reisen besudeln kann?» Die kroatische Mangelfrau deutete stumm auf unseren Korb. «Auf dann, denkt an mich, wenn Ihr Lieder von Tapferkeit und Mannesstolz höret. Ich entbiete Grüße.» Zum ersten Mal hielt sie mir nicht die Tür auf, als ich den Korb nach draußen trug.

Anschließend kaufte ich ein, und zwar für ein raues Grillgelage am Abend. Die Glut loderte, als meine Tochter nach Hause kam und einen Jungen mitbrachte, der mir bisher vorenthalten worden war. Ihr neuer Freund. Alex. Sie fragte, ob er mitessen könne, und ich brummte: «Die Gäste meiner Tochter sind auch mir willkommen. Setzt Euch. Welcher Familie gehört Ihr an? Wie habt Ihr Euren ersten Toten ums Leben gebracht? Mit dem Schwert? Einer Axt? Oder mit bloßer Hand? Erzählt.»

«Also, äh. Eigentlich studiere ich Germanistik im ersten Semester», sagte Alex.

«Oha. Ein Gelehrter. Auch gut, wenn man

jemanden benötigt, um Kindern den Gang der Sonne zu erklären oder eine Latrine zu putzen. Höhöhö!»

Carla schleuderte Blitze aus ihren Augen, Sara seufzte, und Nick lachte sich schlapp. Alex reagierte insofern klug, als er gar nichts machte. Ich nahm Fleisch und Würstchen vom Grill und rief: «Zückt Eure Schwerter und stoßt sie in den Leib des Feindes, lasst Blut spritzen und reicht mir den Ketchup, wenn ich bitten darf.» Meine Tochter bekam einen so gewaltigen Fremdschamanfall, dass ich beinahe aufgegeben hätte. Aber zum Glück sagte Sara: «Okay. Du kannst aufhören. Du hast gewonnen. Zwei Stunden Fußmassage, wenn du sofort mit dem Quatsch aufhörst.»

«So sei es, darauf lasst uns trinken. Hoch mit den Humpen!» Nur Nick folgte meinem Befehl. Die anderen nickten stumm. Ich glaube, Alex findet mich ein bisschen seltsam. Aber das ist mir egal. Ich habe die Wette gewonnen. Her mit dem Weib, her mit dem Sesamöl. Hohoho.

IM PUBERTIERLABOR:
DAS SAFT-EXPERIMENT

Es gibt neue Erkenntnisse aus dem Pubertierlabor. Dem Versuchsleiter ist es gelungen, das Ordnungsprinzip seines Pubertiers zu erforschen. Um das Fazit vorwegzunehmen: Es gibt kein Ordnungsprinzip. Es herrscht jedoch, was Verantwortungsbewusstsein und Organisationstalent angeht, auch keine völlige Willkür. Manchmal ist das Pubertier auf diesem Feld zu erstaunlichen Großtaten von Disziplin und Ehrgeiz imstande.

Carla ist zum Beispiel problemlos dazu in der Lage, mit öffentlichen Verkehrsmitteln in den Herbstferien bis nach Biscarrosse Plage auf einen Campingplatz zu reisen, um dort Jugendliche aus diversen Ländern kennenzulernen. Sie verliert weder ihren Ausweis noch ihren Schlafsack. Sie kann ohne größeren Ansehensverlust in mäßigem Französisch Lebensmittel sowie eine ausgesprochen hässliche Pfeffermühle mit einem Stadtwappen von Arcachon kaufen. Und: Das Pubertier findet wochenlang in praktisch jedem Ort der Welt ein kostenloses WLAN. Es erinnert bei der Zielgenauigkeit der WiFi-Suche an einen gut ausgebildeten toskanischen Trüffelhund. Das Versuchsobjekt Carla, so viel ist bis hierhin festzuhalten, kann wirklich viel, auch im internationalen Austausch. Eine Saftflasche aufzuräumen, bringt sie jedoch an die Grenzen ihrer Möglichkeiten.

Die Saftflasche steht im Wohnzimmer, das nicht unbedingt das natürliche Habitat von Saftflaschen darstellt. Besonders dann nicht, wenn Saftflaschen leer sind. Sie wohnen dann bis auf weiteres im Keller. Der Versuchsleiter entdeckt die Flasche am Sonntagmorgen und bittet das Pubertier, sie aufzuräumen. Das Pubertier reagiert darauf mit Unverständnis und fragt zunächst, warum ausgerechnet es das tun solle. Nach einer kaum fünfminütigen Debatte erklärt es, dass im Keller Spinnen seien, und lehnt ab, dorthin zu gehen. Schließlich willigt es doch ein, die Flasche später nach unten zu tragen, wenn es dem Versuchsleiter damit einen persönlichen Gefallen tue.

Eine Stunde später steht die Flasche immer noch im Wohnzimmer. Auf die erneute Bitte, die Flasche JETZT aufzuräumen, fordert das Pubertier den Versuchsleiter auf, endlich mal sein Leben zu chillen. Der Versuchsleiter, zuvor wie immer ruhig und besonnen, chillt daraufhin kein bisschen und droht damit, die Flasche in das Zimmer der Probandin zu stellen, wo sie bis an deren Lebensende stehen bleiben könne. Die Probandin entgegnet ruhig, das sei kein Problem, denn dort stünden bereits vier Flaschen.

Bei der Inaugenscheinnahme des Zimmers stellt der Versuchsleiter fest, dass dort tatsächlich mehrere Flaschen mit teilweise nicht mehr identifizierbarem Inhalt auf dem Schreibtisch, dem Boden sowie einer Kommode stehen. Offenbar gedenkt Carla, in ihrem Labor neues Leben zu züchten. Der Versuchsleiter versucht es nun mit dem Belohnungsprinzip und verspricht die Zubereitung von Schokoladenpudding, wenn die Flaschen vollständig und innerhalb der nächsten Stunde entsorgt würden.

Eine knappe halbe Stunde später steht die Saftflasche nicht mehr im Wohnzimmer – sondern im Esszimmer. Die Flasche hat nunmehr knapp vier Meter zurückgelegt. Der Versuchsleiter macht sich Notizen und wartet ab. Bis zum frühen Abend sind tatsächlich alle Flaschen in den Keller verbracht worden. Vereinbarungsgemäß macht sich der Versuchsleiter an die Produktion des versprochenen Schokoladenpuddings, der vom Pubertier mit großem Genuss verzehrt wird. Am nächsten Tag entdeckt der Versuchsleiter ein benutztes Puddingschälchen im Wohnzimmer. Manchmal kommt dem Versuchsleiter sein Leben sinnlos vor.

DIE HALLE

Jetzt ist Ostern also auch durch. Es kommt in die große Halle meiner Seele, wo die Dinge lagern, die unseren Kindern einst lebenswichtig waren, ihnen nach und nach immer weniger und schließlich gar nichts mehr bedeuten. Ich nenne diesen imaginären Ort die *Große Halle der vergangenen Leidenschaften*. Die Dinge darin sind teils materieller, teils spiritueller Natur. Man muss sich die Halle ungefähr so vorstellen wie das Mitnahmelager von Ikea. Nur viel lauter.

In Gang 4, Regal 1–3 befinden sich zum Beispiel sämtliche Stars und Figuren, die einst von Nick und Carla vergöttert wurden. In Regal 1, Fach Nummer 9 sitzt Bill Kaulitz von Tokio Hotel. Carla war sieben Jahre alt, als deren erste Single erschien. Sie sang das Lied wochenlang: «Durch den Monsuuuuuun». Sie hängte ein Poster von Tokio Hotel auf. Ich weiß nicht, wo es geblieben ist, aber dort befinden sich wahrscheinlich auch die Poster von Hannah Montana und Prinzessin Mononoke, die in den Regalfächern links und rechts von Bill Kaulitz wohnen. Auch Nicks frühere Helden leben dichtgedrängt in den Regalfächern der *Großen Halle der vergangenen Leidenschaften*: zum Beispiel Karius und Baktus, die Monster der Monster AG, Sido und Mario Gomez, der nach seinem Wechsel vom FC Bayern zu Florenz auch bei unserem Sohn ausgemustert wurde. Es ist hart, es ist ungerecht, aber das gehört zum Erwachsenwerden dazu.

Sämtliche Figuren lärmen und singen in ihren Regalen, genau so, wie sie früher in den Kinderzimmern gelärmt und gesungen haben. Es ist ein ohrenbetäubender Krach. Gang 2 in der *Großen Halle der vergangenen Leidenschaften* ist vollgestopft mit Plastikkrempel aller Art und Kinderbüchern. Hier führen die Dinge eine Art Eigenleben, sie spielen miteinander: Polly Pocket, Barbie, Lego, Playmobil, Plastik für Hunderte von Euro, dazu CDs, für die es gar keinen Player mehr gibt, Kinderfilme und auch Bücher, die sich gegenseitig ihre Geschichten vorlesen.

Wahrscheinlich bin ich zu sentimental, ganz bestimmt sogar. Nick und Carla sind in diesen Angelegenheiten viel pragmatischer. Ihre alten Möbel, die Kissen mit Hundemotiv, die Gardine mit den Piraten, die in der Nacht leuchtenden Raumschiffe haben sie als Hindernisse beim Großwerden identifiziert und abgeschoben. Aber in mir und meiner Halle steht das ganze Zeug immer noch herum. Ich habe genau vor Augen, wie ich in Carlas Einkaufsladen Milch oder Gemüse einkaufe oder auf Nicks Fliegenpilz aus Schaumstoff sitze und ihm vorlese. Der Pilz befindet sich nunmehr in Gang 5 bei den Einrichtungsgegenständen, und die Sitzfläche weist einen kapitalen Riss auf.

Und nun also Ostern. Das Ende kam, als ich vorschlug, dass man bei schlechtem Wetter ja mal wieder drinnen die Eier suchen könne. Die Kinder sahen mich an, als sei ich ein riesiger Eierkopf mit aufgemalten Schnurrbarthaaren. Carla erklärte mir, dass sie leider keine Zeit habe, sie sei nach dem Frühstück verabredet. Und Nick fügte hinzu, man könne ihm die Süßigkeiten sofort aushändigen, das laufe ja im Prinzip aufs Gleiche hinaus. Im Übrigen habe es den Osterhasen nie gegeben, es handele sich dabei lediglich um eine Art Fabel für Kinder, er sei aber kein Kind mehr und daher nicht mehr für Fakes dieser Art empfänglich. Schließlich legte mein Sohn die rechte Hand auf meine Schulter

und sagte: «Aber wenn es dir wichtig ist, kann ich gerne ein paar Eier für dich verstecken.» Ich lehnte dankend ab.

Ostern kommt nun also in die *Große Halle der vergangenen Leidenschaften*, wahrscheinlich in Gang 1 zu den Mythen und Sagen. Ich werde den Osterhasen mitsamt der Eiersuche und der von mir erfundenen Ostergrasplantage neben die Zahnfee und das Christkind platzieren, wo er still und fügsam Eier anmalt und Frühlingslieder singt. Manchmal plagt mich die Sorge, dass ich einmal selbst dort lande, sobald die Kinder ausgezogen sind und spätestens, wenn sie eigene Familien haben. Wenn ich es mir aussuchen kann, möchte ich bitte zu den Möbeln. Dort ist es nicht so laut wie bei Cro und Bill Kaulitz.

NACHWORT

Wenn ich meine Geschichten vor Publikum lese, kommen manchmal ganze Familien. Alle amüsieren sich gemeinsam, diese Abende machen Spaß – und zwar vor allem deswegen, weil ich die ernsthaften Aspekte der Pubertät in meinem Programm ausblende. Ich mag nicht, wenn Menschen weinen, ich möchte sie lachen sehen, gerade weil es in Wahrheit nicht komisch ist, in der Pubertät zu stecken.

Die Pubertät ist ein ziemliches Arschloch. Ich bekomme das zu Hause und im Umfeld meiner Kinder mit und schreibe mir alles auf, um anschließend auszusortieren, was ich für meine Arbeit nicht brauchen kann: den Kummer, die Momente größter Scham, die Niederlagen. Mir sind diese Elemente der Pubertät sehr präsent, denn seit ich darüber schreibe, denke ich viel über meine eigene Jugend nach. Und es fällt mir nicht viel Schönes dazu ein.

In der neunten Klasse blieb ich sitzen. Ich war fassungslos und traumatisiert vom eigenen Unvermögen sowie von der Leere meines sechzehnten Lebensjahres. Ich konnte die Mathematik nicht verstehen und erst recht nicht erklären, ich konnte ja nicht einmal über mich selber sprechen und hätte auch nicht gewusst, mit wem. Etwa ein Dreivierteljahr verbrachte ich damit, im abgedunkelten Zimmer «Power Corruption & Lies» von *New Order* zu hören und an meiner Gesichtshaut herumzudrücken wie ein Bildhauer an einem feuchten Lehmschädel.

Die ganze Unzulänglichkeit meiner Person stand mir ins Gesicht geschrieben. Meine vulkanösen Talgdrüsen produzierten knackend durch die Haut brechendes entzündetes Zeug. Ich kam mir vor wie der Glöckner von Notre-Dame. Der konnte immerhin von Glocke zu Glocke turnen, Krach machen und sich ansonsten in seinem Turm verstecken. Ich hingegen musste jeden Tag in die Schule, wo ich meinen Anblick preisgab und die Klappe aufriss, um meine Schüchternheit zu überspielen.

Die Nachhilfe brachte gar nichts, und schließlich sollte ich eine Nachprüfung in Mathematik absolvieren. Schriftlich war ich gut, denn ich hatte sechs Wochen lang in einer Art Entlassungsproduktivität geübt. Aber mündlich fiel ich durch, weil ich den arroganten Typen, die mir gegenübersaßen, nicht gewachsen war. Ich verhaspelte mich und brachte keinen vernünftigen Satz heraus. Schließlich sagte einer: «Wir haben jetzt endgültig genug von dir», und ich wurde rausgeschickt. Ich fiel durch, obwohl ich alles wusste. Das war furchtbar. Mir fehlte der Mut, nach dieser vermeintlich schlechten Leistung für mich selber Partei zu ergreifen. Also machte das auch niemand anderes. Es kann mir keiner vorhalten, ich wüsste nicht, worum es bei Jugend geht. Ich weiß es seit Juli 1983 ganz genau.

Und ich weiß, dass heute jung sein genauso beschissen sein kann wie damals. Vielleicht ist es heute sogar schwerer. Man mag einwenden, dass es dank des Internets noch nie so einfach war, sich durch die Schule zu mogeln. Aber das stimmt nicht. Vor dreißig Jahren wurde auch aus irgendwelchen Quellen abgeschrieben. Und gerade das ist heute aufwendiger, denn man muss sich inzwischen sehr anstrengen, um eine Quelle zu finden, die nicht auch vom Lehrer in Sekundenbruchteilen ergoogelt werden kann.

Dieses Beispiel klingt lapidar, aber es führt exemplarisch vor, dass über das Internet die Zeiten keineswegs leichter werden, nur weil der Zugang zum Weltwissen erleichtert wird. Das Gegenteil ist der Fall. Die Orientierung fällt immer schwerer, weil die Gelegenheiten zur Desorientierung immer zahlreicher werden, und damit wird auch das Setzen von Prioritäten immer komplizierter. Was ist wirklich wichtig? Was könnte wichtig werden? Und was davon kann ich morgen entscheiden? In meiner Pubertät war es leicht, diese Regeln zu lernen und gegebenenfalls zu ignorieren. Meine Kinder hingegen müssen in dem ganzen Durcheinander ihres Lebens Regeln als solche überhaupt erst einmal erkennen. Und sich gegen die Verlockungen der Prokrastination wehren.

Aufschiebende Wirkungen erzielte man 1983, indem man die Platte noch mal umdrehte, ein paar Seiten las oder die Nüsse in der Schokolade zählte. Computerheinis vertrödelten Zeit, indem sie zappelnde Pixelhaufen programmierten. Inzwischen haben sich die Optionen vertausendfacht, eine riesige Industrie lebt davon. Interessanterweise wird die Schuld für das Vertrödeln wertvoller Lernzeit jedoch den Schülerinnen und Schülern gegeben. Ständig müssen sie sich Vorwürfe anhören: «Sei aktiv, tu etwas, dauernd spielst du an deinem Handy, geh doch mal raus, guck nicht so viel *Fernsehen/YouTube/Facebook*.» Dauernd müssen sich die Jungen für die auf Unterhaltung ausgerichtete Programmierung ihres Lebens rechtfertigen. Aber waren es Jugendliche, die *WhatsApp*, *Twitter*, *Facebook* oder *Instagram* programmiert haben? Ist die *Playstation* vielleicht eine Erfindung von Kindern? Sitzen Minderjährige in der Geschäftsführung von *ProSieben*? Werden die T-Shirts bei *Volcom* von Vierzehnjährigen entworfen? Nein. Das machen Erwachsene. Also wir. Wenn wir dann nicht möchten, dass unsere Kinder sich mit denselben Produkten vergnügen, die uns Spaß machen, sollten wir selber darauf verzichten. Das geht nur leider nicht, weil wir Kinder geblieben sind, an der ständigen Befriedigung unserer kleinkindhaften Bedürfnisse herumnuckelnde Halbwüchsige.

Man muss es einfach mal sagen: Die derzeitige Elterngeneration dödelt andauernd an irgendwelchen Gadgets herum. Sie ist weitgehend in der Popkultur sozialisiert, hört also dieselbe Musik wie ihre Nachkommenschaft und zieht sich jugendlicher an. Eine Abgrenzung findet kaum noch statt – und damit ist nicht jene gemeint, mit der die Kinder sich von den Eltern distanzieren. Letztere müssen sich auch umgekehrt von ihren Kindern abheben, sonst lernen die einfach nicht den Unterschied zwischen sich selber und denjenigen, die die Verantwortung für sie tragen. Ich werde jedes Mal wahnsinnig, wenn ich den Mittvierziger sehe, der Cro hört, dabei Limonade durch den Strohhalm trinkt und dann mit seinem elfjährigen Sohn um die Wette rülpst. Mein Vater hätte so etwas nie gemacht, und dafür bin ich ihm dankbar.

Einmal den Eltern in die Schule entronnen, müssen sich die Jugendlichen einem Leistungsdruck stellen, der nie größer war als heute und ganz sicher nicht zum pubertären Wohlbefinden beiträgt. Doch anstatt der nächsten in die Berufswelt aufrückenden Generation zu helfen, spielen mediokre Politiker mit Schülerschicksalen, indem sie erst eine für alle Beteiligten desaströse Schulreform einführen und sie wenige Jahre später, ohne sich zu entschuldigen, wieder rückgängig machen. Dazwischen liegen einige versaute Abiturjahrgänge und die hunderttausendfache Erkenntnis, von den Erwachsenen verschaukelt und nicht ernst genommen worden zu sein.

Es macht ganz sicher keine Freude, als Sechzehnjähriger zwischen den kulturellen, sozialen und gesellschaftspolitischen Schuttbergen der in den siebziger Jahren geborenen Eltern zu navigieren. Es wundert mich kein bisschen, dass die Jungen vor lauter Überforderung heute anfälliger für Stress sind, dass sie sorgenvoller in ihre Zukunft sehen als wir im selben Alter. Und dass sie Drogen nicht mehr nehmen, um Urlaub von der Welt zu machen, sondern um sich besser auf ihre Aufgaben in dieser Welt konzentrieren zu können, ist ein Jammer.

Das Einzige, was den Jungen hilft, ist Verständnis. Bedingungsloses Verständnis. Damit ist keine Haltungslosigkeit gemeint, aber die unbedingte Bereitschaft, die Sorgen der Kinder ernst zu nehmen.

Meine Sorge von damals, ein Monster zu sein, wurde erst vor wenigen Wochen zerstreut. Da kam nach einer Lesung eine Frau auf mich zu und begrüßte mich sehr herzlich. Sie war eine frühere Mitschülerin. Wir unterhielten uns eine Weile, und schließlich sagte sie lachend, dass sie mich damals unglaublich süß gefunden habe. Ich bedankte mich, und wir verabschiedeten uns. Später dachte ich: Das hättest du mir ruhig vor dreißig Jahren mal sagen können. Es hätte mir sicher gutgetan. Damals. In der schlimmsten Zeit meines Lebens.

Für Sandra

JAN WEILER

© Tibor Bozi

1967 in Düsseldorf geboren, ist Journalist und Schriftsteller. Er war viele Jahre Chefredakteur des SZ Magazins. Sein erstes Buch «Maria, ihm schmeckt's nicht!» gilt als eines der erfolgreichsten Romandebüts der letzten Jahre. Es folgten unter anderem: «Antonio im Wunderland» (2005), «In meinem kleinen Land» (2006), «Drachensaat» (2008), «Mein Leben als Mensch» (2009), «Das Pubertier» (2014) und «Kühn hat zu tun» (2015). Jan Weiler verfasst zudem Hörspiele und Hörbücher, die er auch selber spricht. Er lebt mit seiner Frau und seinen zwei Kindern in der Nähe von München. Seine Kolumnen erscheinen in der Welt am Sonntag und auf seiner Homepage www.janweiler.de.

TILL HAFENBRAK

schloss 2009 sein Studium der Visuellen Kommunikation an der Universität der Künste Berlin ab. Seither arbeitet er als selbständiger Illustrator in Berlin. 2012 wurde er an der Universität der Künste Berlin zum Meisterschüler ernannt. Zusammen mit Ana Albero und Paul Paetzel gründete er 2008 Edition Biografiktion. Unter diesem Namen veröffentlichen die drei Zeichner eigene Comicgeschichten und Illustrationen. Till Hafenbrak arbeitete bereits für internationale Magazine und Zeitungen wie das SZ Magazin, Le Magazine du Monde und The New York Times. Mehr Informationen und Bilder gibt es auf www.hafenbrak.com.

INHALT

Die Tyrannentheorie 7 – Ein dringender Notfall 15 – Krasse Sugillation 22 Boywerdung 26 – Im Pubertierlabor: Bildsprache 31 – Moderne Sklaverei 36 Das SPD-Schicksal 48 – Alles wird geteilt 53 – Im Pubertierlabor: Heiligabend 58 – Rauchende Raupen 62 – Das Spick-Seminar 67 Sex und Poesie 76 – Ich werde gemobbt 84 – In der Hühnerbrühe 92 – Hart wie Butter 98 Carlas arme Opfer 102 – Im Pubertierlabor: Das Wesen des Ärgerns 111 – Ein Pilz auf Reisen 117 – Essens-Diplomatie 121 Berufsberatung 129 – Im Pubertierlabor: Der schnelle Brüter 135 – Das Krisencallcenter 140 – Ich bin Ed Stark 144 Im Pubertierlabor: Das Saft-Experiment 148 Die Halle 152 – Nachwort 157

Das für dieses Buch verwendete FSC®-zertifizierte Papier
Schleipen Fly liefert Cordier, Deutschland.